MORIRÁS LEJOS

LECTURAS 65 MEXICANAS
SEGUNDA SERIE

Lecturas Mexicanas divulga en ediciones de grandes tiradas y precio reducido, obras relevantes de las letras, la historia, la ciencia, las ideas y el arte de nuestro país.

JOSÉ EMILIO PACHECO

Morirás lejos

Primera edición: 1967, Editorial Joaquín Mortiz, S.A.

Primera edición en Lecturas Mexicanas: 1986.

Producción: SECRETARÍA DE EDUCACIÓN PÚBLICA
Dirección General de Publicaciones y Medios

D.R. © 1986, de la presente edición,
Consejo Nacional de Fomento Educativo
Av. Thiers No. 251 - 10° piso
México, D.F. C.P. 11590

D.R. © 1967, Editorial Joaquín Mortiz, S.A.
Tabasco No. 106
México, D.F. C.P. 06700

Impreso y hecho en México, D.F.

ISBN 968-29-1059-5

Morirás lejos. Conmigo llevo la tierra y la muerte.

QUEVEDO/SÉNECA

A FERNANDO BENÍTEZ
A NOÉ JITRIK

SALÓNICA

Con los dedos anular e índice entreabre la persiana metálica: en el parque donde hay un pozo cubierto por una torre de mampostería, el mismo hombre de ayer está sentado en la misma banca leyendo la misma sección, "El aviso oportuno", del mismo periódico: *El Universal*. Juegan futbol algunos niños. El cuidador del parque habla con un barrendero. Todo huele a vinagre. En alguna casa de la fila que eme podría ver entre las persianas hay una fábrica de vinagre. No es la vecindad de apartamientos simétricos ni la quinta de ladrillos blancos edificada sesenta años atrás, cuando el terreno en que están el pozo en forma de torre, el hombre que lee sentado en una banca y quien lo vigila tras la persiana entreabierta, era el barrio de un pueblo que la ciudad asimiló.

Tampoco puede ser el edificio levantado hacia 1950 que agrupa a la tienda, la ferretería, el salón de belleza, la cocina económica. Probablemente eme no pueda distraerse con la adivinanza. Sin embargo no se trata de un juego: es más bien un enigma y le preocupa desde que llegó a vivir en el segundo piso de la casa propiedad de su hermana (fecha de construcción: 1939. Patio interior sin plantas de ninguna especie. Escalera de caracol. Azotea prensada entre los nuevos edificios. Cuarto que debió ser de criados aunque allí vive eme que ahora acecha a un hombre sentado en una banca leyendo "El aviso oportuno" de *El Universal*.)

Insistamos: la adivinanza no es un juego: se trata de un enigma iniciado un mediodía de 1946 ó 1947, cuando al bajar del taxi eme sintió en el parque el olor a vinagre. Pero acaso eme intenta resolver otro problema: el hombre sentado en la banca del parque ¿es un perseguidor? Si no lo fuere eme quedaría absuelto. ¿Será víctima entonces de una paranoia que exacerba el encierro apenas quebrantado en ocasión de ciertos viajes interrumpidos —hay que decirlo— en los primeros meses de 1960?

Si aun en su delirio perduran la lucidez, el espíritu inquisidor, la capacidad deductiva, la fe en su propia fuerza, que caracterizaron, para desgracia nuestra, al eme que todos conocimos, él debe de hacerse las siguientes reflexiones cuya obviedad se justifica tomando en cuenta la situación descrita en un principio. Admitiendo sin conceder que el hombre no sea un perseguidor ¿por qué está allí a horas fijas, hace siempre lo mismo y se retira cuando oscurece?* Es innegable que si el hombre vigilara a eme no actuaría de ese modo infantil y literario. Entonces:

[a] Es un obrero calificado a quien la automatización despojó de su trabajo. Le resulta difícil encontrar otro pues su habilidad en una rama determinada, su largo especializarse, su maestría, garantizan su inexperiencia para otras subdivisiones industriales.

* momento en que probablemente otro observador lo sustituye.

Por lo que en forma oblicua alcanza a advertirse en el campo visual creado por dos láminas casi invisiblemente apartadas gracias a la acción de palanca que ejercen los dedos anular e índice, el hombre no es menor de cincuenta años: lo que explica su denuedo al repasar las ofertas, solicitudes, conminaciones de la sección en letra de ocho puntos:

Compañía de sólido prestigio solicita hombres de 20 a 25 años... Requerimos mecánicos con conocimientos de electricidad para maquinaria de procesos químicos. 25 a 35 años... Empresa hotelera solicita jefe de personal hable inglés... Muchachos jóvenes, muy presentables, demuestren su experiencia para cafetería... Promotores para vender de puerta en puerta artículos nobles. Buena comisión... Agente viajero, sepa inglés, muy bien presentado, edad 24 a 30...

Y se deja llevar por la lectura de otros anuncios sin nada en común con sus apremios: *Farben de México. Insecticidas, raticidas, fumigantes. Técnica alemana, acción inmediata. Tenemos el tamaño adecuado para sus necesidades... Ernesto Domínguez Puga, detective. Investigaciones confidenciales, vigilancia, localización, solvencia, robos, conducta personas. Seriedad, eficacia, rapidez, honestidad, absoluta discreción. Consúlteme su caso. Precios bajos, autorización gubernamental... Pepe: vuelve. Mamá muy enferma ausencia tuya. Te ha perdonado todo... Aprenda a manejar. Instructores ambos sexos... Atractive young American couple, recently arrived, wish to correspond and meet with couples and ladies who would like to get a little more out of life. Own home and very discreet. Photo and phone appreciated... Perrita cocker per-*

13

dida miércoles colonia Juárez. Entiende por "Sulta-
na"... Apresuradamente por ausentarme capital des-
monté elegante residencia rematando mis muebles casi
nuevos... Condominio de ensueño. Íntimo. Para los
que saben y pueden vivir bien...

La barrera de los cuarenta. La etapa del despegue
económico. La acumulación del capital. La inhuma-
nidad del sistema. Los quinientos mil o más jóvenes
que cada año llegan en demanda de empleo. La de-
pendencia. El subdesarrollo. La saturación del mercado. El enriquecimiento de los ricos. La depauperación
de los pobres. La barrera de los cuarenta. Y este hombre ha hecho cien solicitudes y recibido nada más
once respuestas —todas negativas. Por la noche ma-
neja el taxi de un amigo y con la mitad de lo que
antes ganaba impide que muera de hambre su familia. Dejó en la empresa su juventud y su mejor esfuerzo. Recompensa: horas de interminable lectura
bajo un chopo ahíto de inscripciones a unos catorce
o quince metros del pozo.

En el hombre, antes sereno, aparecen ahora tics,
movimientos de lamentación o protección inconsciente. Un día, al abrir los ojos, ya no era joven. Y allí
está: condenado a pasar frente a eme todos los días de
todos los años que le faltan de vida, a sentarse en la
banca del parque con olor a vinagre, la misma sección
de *El Universal* en las manos; para que eme lo sienta
y lo mire como un perseguidor —a él tan ajeno a la
historia de eme— y distraiga su ocio, su encierro, su
miedo, con deducciones ya no brillantes ni originales,
inspiradas por la lectura de los periódicos que se api-
lan en su cuarto antes de alimentar, humedecidos con

14

petróleo de estufa, el calentador modelo antiguo incómodamente situado a la intemperie, en la semiterraza de losetas rectangulares donde caen las hojas de los pinos y en ciertos meses aquellos gusanos torturables que los niños llaman "azotadores" y que eme, nostálgico, primero vivisecciona con una hoja de afeitar y luego aplasta,* o bien arroja al bóiler. En él los gusanos evocan, coruscantes y a punto de precipitarse por la rejilla, entre la ceniza aún moteada de fuego, la imaginería católica del infierno.

* lo cual provoca la secreción de un líquido amarillo purulento.

15

☿

DIÁSPORA

I. Yo, Josefo, hebreo de nacimiento, natural de Jerusalén, sacerdote, de los primeros en combatir a los romanos, forzado después de mi rendición y cautiverio a presenciar cuanto sucedía, me propuse referir esta historia.

II. Hartos del saqueo y el desprecio los judíos se sublevaron, expulsaron al procurador romano y establecieron su propio gobierno. Josefo, nombrado comandante militar de Galilea, trató de llegar a un acuerdo de paz con el enemigo. Se lo impidieron los zelotes que encabezaba Juan de Giscala. Entonces Josefo defendió la fortaleza de Jotapata. Cuando las legiones de Vespasiano quebrantaron la resistencia, Josefo y cuarenta de sus seguidores entraron en una cueva. Treinta y nueve se dieron muerte unos a otros. Josefo sobrevivió astutamente, se entregó a Vespasiano y le profetizó que tanto él como Tito Flavio, su hijo, reinarían sobre todas las tierras y los mares.

III. Tito sitió a Giscala y Juan se refugió en Jerusalén. La población entera salió a recibirlo. Juan afirmó que era preciso defender la capital. Los zelotes confiaban en que los pueblos del Medio Oriente se levantarían con ellos para expulsar a los opresores. Porque Roma estaba asolada por la discordia. Se sublevaron galos y germanos. Muerto Nerón, los gene-

16

rales se disputaban el imperio. Galba fue asesinado en pleno Foro. Otón rigió tres meses y dos días y se suicidó al enterarse de la derrota en Bedríaco. Sus tropas se pusieron a las órdenes de Vitelio a quien las legiones de Germania habían proclamado emperador.

IV. Vespasiano aplazó la marcha sobre Jerusalén con el pretexto de que no era oportuno combatir a extranjeros mientras durase la guerra civil en Italia. Luego el ejército de Oriente se alzó contra Vitelio y pidió a su General que acudiera en auxilio de la patria infamada por la impostura. Vespasiano aceptó la carga del imperio y fue a Alejandría para unirse con Tiberio Alejandro, prefecto de Egipto. Antonio Primo, procurador de Mesia, avanzó a marchas forzadas hacia Roma. Sabino, el hermano, y el otro hijo del nuevo césar encabezaron la rebelión interna. Vitelio, al frente de las legiones germanas, los acorraló en el Capitolio y les dio muerte incendiando el templo de Júpiter. Al día siguiente Antonio Primo entró en Roma. Hallaron a Vitelio oculto en su palacio y lo condujeron desnudo en dirección del Foro. En la Vía Sacra lo agobiaron de ultrajes y al fin arrojaron su cadáver al Tíber.

V. Entonces surgió una nueva pugna entre los judíos. Simón de Gerasa se rebeló contra Juan de Giscala, liberó a los esclavos y organizó guerrillas en las montañas. Durante su recorrido por Idumea saqueó las ciudades e incorporó más hombres a su causa. Por último se presentó ante las murallas de Jerusalén.

VI. Al volverse sus tropas contra él Juan de Giscala tuvo que refugiarse en el Templo. Simón de Gerasa fue recibido en la capital. Así, antes de zarpar hacia

17

Roma, Vespasiano ordenó a Tito Flavio que tomara a Jerusalén y diera fin a la guerra de los judíos.

SALÓNICA

[b] Es un delincuente sexual que con paciencia y maestría espera hacerse un elemento cotidiano del parque antes de escoger a su víctima entre los niños que, al salir de la escuela y por las tardes, juegan en los contornos.

Las iniquidades cometidas en ese sitio a su resguardo no parecen importarle al cuidador. Es factible por lo demás que al notar la regularidad inquebrantable con que el hombre se sienta a leer en el parque, lo interrogara y obtuviese en contestación una historia similar a la supuesta en el inciso a;

o bien una airada réplica en que abundaron los conceptos del parque como vía pública, libre por consiguiente a la voluntad de un ciudadano mientras no actúe en perjuicio de otro; o acaso el descubrimiento fraternal de que lector y cuidador comparten los mismcs hábitos —minoritarios, oscuramente paternales, y aún por excepción repudiados en una sociedad cada vez más respetuosa de las singularidades y aficiones sexuales.

Entonces ¿por qué finge? Sin duda la sección "El aviso oportuno" es un medio de rehuir la vigilancia y la sospecha. Así, quien observe el asedio en la banca del árido parque con olor a vinagre, se formulará la hipótesis a, en cierto modo la más creíble y la que a usted y a mí puede afectarnos.

El aplomo con que este hombre se mantiene al acecho es ya en sí mismo perverso. Actor nato, *vive* a su criatura, *es* el obrero desplazado por la electrónica que hoy no encuentra un empleo, el técnico a quien nuestra época sentenció a la desesperación. Por eso lee uno tras otro sin omitir palabra los anuncios clasificados que nutren ocho páginas de *El Universal,* incluso aquellos que evocan lejanías nunca a su alcance: residencias en Acapulco, casas de una manzana entera en Las Lomas, condominios en Insurgentes.

Lejanía también, por momentos la barrera de smog y polvo salitroso de los lagos ya muertos permite ver —al entreabrirse una de las persianas superiores— las escarpaciones y contrafuertes del Ajusco. Radiante a veces, pocas veces, y por lo general sombrío, tan lúgubre que con sólo mirarlo se explicarían.

el pesimismo de quienes habitan la ciudad;

su irritación en carne viva tras la cortesía quebradiza;

el escozor en la región bronquial, la certeza de que las montañas impedirán la salida o la fuga;

y finalmente algunas teorías sobre la localización geográfica de las supersticiones que en ciertos periodos de la historia exigieron o propiciaron sacrificios humanos.

DIÁSPORA

VII. Tito salió de Cesárea con tres legiones y un gran número de tropas auxiliares. Acampó en Gabat Saúl a treinta estadios de Jerusalén y con seiscientos sol-

19

dados de caballería fue a examinar la ciudad. Esperaba que, asolada por la guerra entre Simón y Juan, Jerusalén iba a rendirse sin combatir.

VIII. Frente a la torre de las Mujeres un gran número de judíos salió de las murallas y se interpuso entre Tito y los soldados. Tito cargó contra el enemigo y se abrió camino sin que ninguna flecha lo tocara. Luego repartió en tres campamentos sus legiones y se trasladó a Scopo, altura que domina a Jerusalén.

IX. La inminencia del asedio provocó un pacto entre los rebeldes. Llenos de furia se lanzaron contra la décima legión, ocupada en levantar sus fortificaciones, y consiguieron desbandarla. Pero el auxilio de la guardia selecta hizo que los atacantes volvieran a la ciudad.

X. Para impedir otras salidas Tito dispuso siete líneas de cerco: la infantería adelante, arqueros y ballesteros en medio, caballería a lo último. Ordenó destruir tapias y bardas así como talar las huertas que crecían entre Scopo y Jerusalén. Después movió su campamento a las proximidades de la torre de las Mujeres. La segunda legión se fortificó ante la torre Hípicos. La décima quedó en el monte de los Olivos.

XI. Simón mandaba a quince mil hombres y tenía sus cuarteles en la torre Fasael. Juan ocupaba el Templo con ocho mil partidarios. Ambos se burlaron de las invitaciones a rendirse e idearon nuevos ardides contra los romanos. Los legionarios se hallaban en total desconcierto porque la disciplina de un pueblo que educó a sus jóvenes para hacer la guerra de un modo técnico y libre de escrúpulos fracasaba a las puertas de una ciudad sobrepoblada, dividida y sin armas.

SALÓNICA

[c] Es por lo contrario un padre, un padre que ha perdido a su hijo y vuelve todos los días al sitio en que transcurrió la existencia del niño; donde probablemente le enseñó los primeros pasos, le dijo el nombre de las cosas, le mostró la forma de arrojar la pelota y recibirla. Aquí le compró el primer globo, un domingo, y vio sus lágrimas cuando se remontó escapado de sus manos. Aquí lo subió a las ramas bajas de los árboles; le indicó el sendero de las hormigas entre la hierba; respondió a sus preguntas cuando hallaron un gorrión muerto; impidió que ascendiera a la torre amarilla que extrañamente recubre el pozo. Lo vio crecer, estudiar, hacer amigos, alejarse. Y vuelve, como un fantasma, a recoger sus pasos.

De espaldas a los juegos, no mira a los demás niños (tienen acaso la edad de su hijo) ; pero su rumor, la aridez del parque, las construcciones desiguales, la atmósfera impregnada de vinagre, forman la única fracción del mundo que verdaderamente perteneció al que ha muerto.

¿Qué busca en los anuncios? Nada. Es un rasgo de pudor, una forma de ocultar su pesadumbre ante los demás y ahorrarse su compasión, la alegría feroz que se dibuja en algunos rostros cuando expresan su lástima por cuanto nos ocurre. El hombre disimula así la extrañeza, la disminución significada por la pérdi-

21

da dc quien juzgamos destinado a sobrevivirnos. Incapacidad de hallar consuelo en la reflexión, olvidos provisionales mediante tóxicos, sedantes, alcoholes. Extraña forma de guardar luto, quizá su presencia en esa banca del parque, a unos catorce o quince metros del pozo, bajo el chopo ahíto de inscripciones, sea una forma inconsciente y muda de oración. Tanto dolor merece, pues, respeto. Y surge la molestia del equívoco, la ambigüedad que causará juicios tan opuestos e injustos en algún espectador que pretenda ver en el inconsolable por la pérdida de su hijo al protagonista de la hipótesis aquí simplificada en el inciso *b*.

DIÁSPORA

XII. Los judíos trataban de impedir que los romanos elevaran sus plataformas de madera y de varios pisos contra las murallas de la ciudad edificada sobre dos colinas. Con saetas, piedras y tizones ahuyentaban a los encargados de empujar los arietes o construir terraplenes. Para protegerlos Tito ordenó que se alzaran dos torres de asalto equipadas con ballestas y escorpiones.

XIII. Así, máquinas livianas, arqueros y honderos dispararon sus proyectiles contra los defensores de Jerusalén. A los quince días de iniciado el sitio los arietes demolieron la primera muralla y los romanos penetraron por la brecha recién abierta. Juan y los suyos defendieron el pórtico septentrional del Templo, la torre Antonia y el sepulcro de Alejandro. Simón ocupó la tumba del sumo sacerdote Juan y la acequia que conducía el agua hasta la torre Hípicos. A menudo los sitiados se arrojaban a pelear cuerpo a cuerpo. Inferiores en armamento e ignorantes de la técnica enemiga, só!o contaban con su valor, su capacidad de resistencia y la esperanza de salvarse. A su vez los romanos luchaban infatigablemente, urgidos por el ansia de someterlos. El reposo nocturno transcurría lleno de sobresaltos y al amanecer se reanudaba el combate.

XIV. Cinco días más tarde Tito se apoderó de la segunda muralla. Ocupó el recinto con mil soldados escogidos entre los mejores de cada centuria. Los judíos, en vez de rendirse, avanzaron por calles oblicuas hasta cercar a los romanos y expulsarlos de la ciudad. Pensaron que los invasores no se atreverían a entrar de nuevo en Jerusalén: resistir sin abandonar las murallas iba a darles el triunfo sobre el imperio.

SALÓNICA

[d] O es el amante de una mujer que cruzará por el parque, ocasión largamente anhelada y ú!timo recurso cuando fallaron citas, llamados telefónicos, posibles mediadores. Protagonistas de una sórdida historia, la relación de dos que exceden la cuarentena y en su matrimonio han desempeñado el papel de víctimas, antes de llegar a este momento pasaron:

por el encuentro en un bautizo o en el despacho de contadores o en la gran tienda en que ambos trabajan;

por el cortejo anacrónico y más difícil en razón de que, monótono, previsib!e, ensayado tantas veces, asegura que todo volverá a acabar mal;

por las reflexiones que impone una ética aprendida en telecomedias y fotonovelas: —¿tengo derecho a hacer que mi hogar se tambalee en aras de un capricho pasajero? —¿he encontrado el gran amor que pase lo que pase justificará mi triste vida;

por pretextos, demoras, ausencias, sospechas, discusiones;

por citas en hoteles amarillos a los cuales se entra con señales ostensibles de culpa;

por la ruptura, quizá en el mismo lecho, y la utilidad de las frases sobrescuchadas y omnimpresas: —te adoro pero esto no puede continuar así —creo que mi marido ya lo sabe y no te imaginas hasta dónde es capaz de llegar —sobre todo mis hijos ya están grandes y la vergüenza —ellos no tienen la culpa;

y para no alterar el código invariable: por la súplica, la promesa de abandonarlo todo, el suicidio virtual, el desastre organizado y particularmente grotesco en un hombre que debió conocer todo esto a los veinte años y no ahora, en el malestar, la humillación de envejecer, resistir el naufragio conyugal y la nostalgia de otra a quien el recuerdo devolverá la juventud;

por la despedida en una esquina furtiva y la mohosa secuencia cinematográfica: ver que te alejas, perderte, media vuelta, sufrimiento en las calles que oscurecen, gesto de actor, cigarrillo en las comisuras;

por la esperanza, augurio de que se convalece, voluntad de rencuentro;

¿en dónde?

en el árido parque con el pozo en forma de torre
donde flota un olor a vinagre;

y ella debe cruzarlo para ir al mercado, la farma-
cia, el salón de belleza; y cuando ya no lo espere verá
surgir al desdichado que abandonó el trabajo, el hogar —es posible— y leyendo en la banca "El aviso oportuno" para entretener o exacerbar su desesperación,
aguarda el momento en que su historia recomenzará
o reterminará o —marido mexicano, honor empaña-
do, ritual de noviembre— nutrirá la sexta columna de
la página roja;

o en el mejor de los casos será tema del hombre
que acecha tras las persianas y le adjudica hipótesis
que lo hacen ser a un tiempo víctima del progreso,
corruptor de menores, padre sin hijo, amante desde-
ñado
y las siguientes.

DIÁSPORA

XV. Hombres de Juan y de Simón taparon con sus
cuerpos la brecha en la segunda muralla. Tuvieron
que ceder ante la vehemencia del asalto. Otra vez dueños del muro, los romanos lograron su completa de-
molición. Ya que un avance continuo obligaría a rendirse a los judíos, nuevos terraplenes comenzaron a
alzarse al pie de la torre Antonia a fin de que las
legiones subieran por allí a la ciudad alta. Desde la
última muralla se arrojaban piedras y venablos para
dificultar el trabajo. Jerusalén estaba dispuesta a re-

25

sistir hasta la muerte. Pero hostigados por la privación muchos salían a buscar alimento o a refugiarse entre los sitiadores. Por órdenes de Tito, los atormentaban y finalmente eran crucificados ante las murallas con objeto de amedrentar a los rebeldes.

XVI. Diariamente más de quinientos judíos encontraron la muerte en esta forma. Cegados por el odio, les cortaban las manos y los suspendían de la cruz en posiciones grotescas. Hubo tan grande número de víctimas que faltó espacio para las cruces y luego se acabaron las cruces para los cuerpos.

XVII. Tales visiones no doblegaron la resistencia: sirvieron a los caudillos de la sublevación para mostrar al pueblo qué suerte esperaba a quienes confiaran en la clemencia de los ejércitos imperiales. Y cada vez que Tito los exhortó a rendirse lo maldijeron, gritaron que preferían la muerte a la servidumbre y que iban a morir pero no sin antes causar todo el daño posible a los romanos: no importaba que ciudad y Templo fueran destruidos porque ante Dios el mundo entero sería mejor templo que el de Jerusalén.

SALÓNICA

[e] Puede tratarse de un nostálgico que en los alrededores de este sitio pasó los primeros años de su vida. El parque fue el jardín de su casa, jardín cuadriculado de senderos: los pinos simétricos perduran, dejan caer sus hojas en la semiterraza de losetas rectangulares y en el asfalto. La torre, parodia (¿involuntaria?) de Bruegel, no tiene aspecto de obra pública. La cons-

26

truyó la familia de este hombre que sentado en una banca del parque lee "El aviso oportuno", *cuando tenían unas mismas palabras, antes de ser esparcidos por la ciudad y no entender el habla familiar de los otros.*

O esa torre es un símbolo, una referencia tan inmediata que se vuelve indescifrable, un augurio, una recordación, una amenaza, un amparo. La torre amarilla sobre el pozo que nadie ha visto nunca —puertas condenadas, cerrojos—, extraña y diáfana en su persistencia,

como por otra parte el olor a vinagre.

Pero si el hombre es en efecto un antiguo poblador de esta zona ¿con qué objeto regresa y se petrifica en la banca a unos catorce o quince metros del pozo bajo un chopo ahíto de inscripciones? Ya que no un hábito será tal vez un impulso: en los dieciocho o diecinueve años anteriores jamás apareció por el parque.*

Nostalgia del limbo, la seguridad, el medio acuoso, batracioide, prenatal, el hombre regresa después de todo lo que le ha hecho la vida. Y ya no están las casas, los jardines donde siempre era otoño, las calles empedradas, el montículo central por el que pasaba el tranvía, la corriente una vez límpida y luego corrompida a fuerza de basura, lodo, escombros; sus orillas de musgo. Apenas quedan árboles y ya no hay casas, no hay jardines, no hay río: sólo avenidas abiertas sobre la destrucción y automóviles incesantes, siempre en aumento.

* ¿O apareció, o estaba sin ser visto, o ha estado siempre en esa banca?

La infancia se llevó sus lugares sagrados. Nada puede volver. El sitio ya no existe pero la torre —si erguida entonces— permanece. La torre y el olor a vinagre. Quien retorne al parque o jardín sobre el cual pronto correrán o se estacionarán automóviles encontrará:

niños que juegan,
cuidador en diálogo con barrendero,
y a eme que lo examina caviloso mientras sus dedos anular e índice entreabren la persiana metálica.

O bien

[ƒ] Es una alucinación: no hay nadie en el parque.

DIÁSPORA

XVIII. El día 29 del mes de Tamuz se concluyeron cuatro grandes torres de asalto. Juan ordenó minar el terreno que sostenía precariamente a la erigida contra la fortaleza Antonia. Introdujeron en los túneles vigas entrecruzadas que inflamaron con pez y betún. Al derrumbarse la plataforma se levantó un humo espeso mezclado con polvo. Sin embargo los arietes seguían batiendo la última muralla. Los hombres de Simón salieron a incendiarlos para igualar la hazaña de sus rivales. Lucharon cuerpo a cuerpo con quienes trataban de sofocar las llamas. Y cuando el fuego destruyó las máquinas de guerra los judíos avanzaron hasta el campamento enemigo. Los romanos que se habían apoderado de las murallas de Jerusalén se vieron obligados a defender su propio recinto. Sólo la acometida de Tito al frente de su guardia selecta pudo ahuyentar a aquellos combatientes impulsados por la desesperación de conseguir su libertad.

XIX. Perdidos sus arietes y plataformas los romanos creyeron que no podrían entrar en Jerusalén. Tito se reunió con los jefes de sus legiones. Se habló de atacar la ciudad con todo el ejército —pues hasta entonces sólo había luchado una parte de las fuerzas disponibles, según la táctica imperial de escalonamiento o despliegue progresivo de los recursos bélicos—; se sugirió levantar nuevas torres de asalto o, en último extremo, rendir por hambre a los judíos ya que dispuestos como estaban a la muerte era imposible vencerlos con las armas.

XX. Tito respondió una por una a las proposiciones: no era fácil emplear todo el ejército debido a la extensión de la ciudad, lo abrupto del terreno y las salidas de los sitiados; tampoco alzar otras plataformas porque los materiales ya escaseaban. Pero si el asedio se prolongaba limitaría la gloria del triunfo. Tito dispuso entonces rodear de un muro a Jerusalén, única forma de impedir que los judíos salieran a atacarlos. Al mismo tiempo se reconstruirían algunas máquinas de guerra para volver a emplearlas cuando ya los rebeldes se encontraran minados por el hambre.

SALÓNICA

[g] Es un detective privado a quien contrataron para elaborar un informe sobre las actividades de alguna

persona que habite en esta cuadra —no de eme, pues nadie o casi nadie lo conoce en la ciudad, y si existe alguien que lo conoció debe de creerlo ya muerto. Además el investigador no hubiera cometido la torpeza de situarse a horas fijas durante varios días consecutivos en un punto en que él mismo puede ser largamente escrutado por eme / quien con los dedos índice y anular tiene (aún) la persiana entreabierta.

El detective se forjó ilusiones cinematográficas acerca de su oficio y se ve confinado sin clemencia a una oficinita en las calles de Palma, adonde aisladamente concurren ingenuos que le pagan por certificar la buena conducta del hombre que va a casarse con su hija, la bancarrota auténtica o fingida de un deudor, la castidad vespertina de la esposa, la honradez de un empleado, las re'aciones del primogénito adolescente que simula estudiar y gasta el dinero de sus padres con amigos torvos en billares, cantinas y burdeles; la actividad nocturna de un marido que empezó a llegar tarde; la soltería de un pretendiente con rasgos inequívocos de casado; la existencia o evanescencia de una firma comercial —y otros temas parecidos sobre los cuales informa en tres páginas de difusa escritura que él mismo teclea y llena de errores ortográficos en una Remington modelo 1936, pues su precario ingreso no le permite (y ya van catorce años en el negocio) contratar a una secretaria. A cambio de esa erogación debe hacer regalos a los policías a fin de que lo dejen en paz. El investigador ha de ser entonces:

un buen padre de familia que, cansado de vender prendas en abonos a sirvientas inestables, tomó el curso por correspondencia que imparte una escuela pluri-

enseñante de Los Angeles, Miami, Salt Lake City;
o un micmbro destacado del Servicio Secreto que,
con amplia sabiduría acerca de los lugares de reunión,
las alianzas, enemistades, poderes y limitaciones del
hampa, cometió el error de matar por la espalda a dos
hombres (en un cabaret, hoy demolido, de la ciudad
antigua), volvió de entre los muertos de la Peniten-
ciaría —condena reducida al mínimo: celo excesivo en
el cumplimiento del deber— y resolvió trabajar por
su cuenta con la certeza de que a medida que aumen-
tara la población iba a crecer también la delincuen-
cia;
y se vio defraudado en sus intuiciones, no porque
los hechos lo desmintieran: más bien porque el país
cuenta con un organismo policial para cada delito,
tráfico, amenaza, infracción o conjura que pudiese
requerir los servicios de un (utópico) investigador
privado; en consecuencia reducido a los casos menores, domésticos, aldeanos, y de tan precaria remunera-
ción que aprovecha los entreactos de su vigilancia en
el parque con el pozo en forma de torre donde flota
un olor a vinagre para escudriñar la selva de "El aviso
oportuno" y volver a la superficie con la posibilidad
de un buen trabajo capaz de librarlo para siempre de
la oficinita en las calles de Palma, las jornadas al sol
—el rostro semioculto tras un periódico—, la persecución de jovencitos que no estudian, el acoso de una
sirvienta persuadida por el novio ratero de que las
vacaciones acapulqueñas, la desierta Semana Santa de
la ciudad son campo propicio para el saqueo de la casa
donde trabaja la muchacha;
o es un chantajista que guarda copia de sus infor-

31

mes y pasado un tiempo extorsiona con ellos a quienes sirvió o a quienes vigiló; largos años de actividad le han permitido aumentar la nómina y el radio de sus acciones; y ahora está al acecho —la amenaza de muerte que nunca cumplirá— de una víctima sin dinero, a unos catorce o quince metros del pozo, bajo un chopo ahíto de inscripciones, poblado de gusanos, bajo el olor a vinagre:

el olor a vinagre cada vez más espeso entre los árboles.

DIÁSPORA

XXI. Los romanos terminaron la muralla en tres días. Extendida a lo largo de nueve estadios, tenía su comienzo y su fin en el campo de los Asirios, residencia de Tito; atravesaba el Cedrón, el monte de los Olivos y la colina que se alza en el valle de Siloé.

XXII. Al ver concluida así una obra que en tiempos normales hubiera requerido meses, los judíos perdieron toda esperanza ya no de victoria sino de salvación. Porque el hambre devoraba a Jerusalén; los techos hervían de mujeres y niños agonizantes; las calles se poblaban de muertos y de hombres como fantasmas. Nadie tenía ya fuerzas para enterrar a los cadáveres, ni siquiera para arrojarlos a los barrancos de extramuros —y los vivos codiciaban su paz. El olor de la corrupción torturaba a sitiados y sitiadores. Pero los romanos se complacían en mostrar su abundancia al pueblo de Jerusalén. El espectáculo de la saciedad aumentaba la hambruna.

32

XXIII. Aunque la mayoría se mostró dispuesta a morir con sus caudillos, algunos desertores salieron armados con piedras para simular que iban al combate. La hartura encontrada en el campamento romano fue más letal que la penuria sufrida en Jerusalén. Otra plaga exterminó a quienes pudieron refrenar su avidez: alguien fue descubierto cuando sacaba joyas de sus excrementos. Se esparció el rumor de que los fugitivos se habían tragado sus tesoros para esconderlos de quienes peleaban dentro y fuera de las murallas. En una sola noche dos mil judíos fueron degollados y abiertos con la esperanza de hallar riquezas ocultas en sus entrañas.

SALÓNICA

[h] No hay bancas ni chopos: desaparecieron años atrás cuando el parque fue reformado. Sólo perduran el pozo en forma de torre y el hombre que acecha tras las persianas entreabiertas.

DIÁSPORA

XXIV. Para construir sus nuevas máquinas de asalto los romanos talaron todos los árboles que crecían noventa estadios en derredor de Jerusalén. Bosques y huertas quedaron convertidas en páramos. La guerra transformó en desierto uno de los paisajes más hermosos de Oriente.

XXV. Si las máquinas fueran destruidas de nuevo

los romanos ya no podrían tomar a Jerusalén; si los judíos no las incendiaban perderían la ciudad. A pesar del hambre y los sufrimientos luchaban con un ardor que fue el asombro del ejército imperial. Bajo una tromba de piedras, fuego y hierro, los romanos volvieron a acercar sus plataformas hasta la torre Antonia. Los zapadores minaron los cimientos de la gran fortaleza. En la noche batida por los arietes se desplomó una parte del muro. No obstante, la torre continuaba firme: Juan había construido otra muralla en el interior.

XXVI. Tito arengó a los soldados: El pueblo judío, que no se avergonzaba de las derrotas por la costumbre de ser esclavo de los demás, combatía sin reposo ni temor a la muerte. En cambio los dueños de todas las tierras y todos los mares: los romanos para quienes no vencer era una afrenta permanecían sentados esperando que el hambre y la fortuna les dieran el triunfo sobre los rebeldes. Al terminar su exhortación Tito escogió a los treinta mejores de cada centuria, dio mil a cada tribuno y los lanzó contra los cuerpos de guardia. Por las ruinas de la primera podía ascenderse a la segunda muralla y abrirse camino en dirección del Templo. Doce hombres —el escudo levantado sobre su cabeza con la mano izquierda, la derecha empuñando la espada— intentaron subir a lo más alto pero se desplomaron heridos por flechas, piedras y venablos.

SALÓNICA

[i] No hay nadie tras la ventana. eme, efectivamente, murió hace más de veinte años.

DIÁSPORA

XXVII. Dos noches después los romanos que vigilaban las plataformas avanzaron en silencio entre las ruinas, degollaron a los centinelas y atrajeron en pos a todo el ejército. Juan y Simón lucharon ferozmente para rechazar a los invasores: Jerusalén caería si las legiones se adueñaran del Templo.

XXVIII. La espada brilló donde no cabían lanzas ni venablos. Era imposible retroceder o proseguir: tan reducido quedó el espacio del combate. Iniciado a la hora nona de la noche terminó a la hora séptima del día. Los rebeldes salvaron el Templo pero la torre Antonia quedó en poder de los romanos.

SALÓNICA

[j] El que acecha entre las persianas no es eme. Se trata de un error o creencia a ciegas —y por justificado resentimiento— en una leyenda que atribuye poderes de hibernación y supervivencia a seres como eme.

DIÁSPORA

XXIX. Tito conminó a la rendición de la ciudad. Algunos desertaron, los más sostuvieron el juramento de combatir hasta la muerte. Del crepúsculo al amanecer millares de legionarios atacaron el Templo, observados por Tito desde la torre Antonia. La victoria quedó incierta pues los judíos cortaron el acceso incendiando el pórtico septentrional.

XXX. Cada vez había más muertos por hambre en Jerusalén. Apenas se descubría algo que comer hasta los amigos entrañables lo disputaban a mordiscos. Al agotarse correas, zapatos y aun el cuero de los escudos, el estiércol que llenaba los establos se convirtió en el último alimento de los sitiados.

SALÓNICA

[k] El pozo no existe, el parque no existe, la ciudad no existe.

DIÁSPORA

XXXI. Convencidos de que los arietes jamás derribarían las paredes interiores del Templo, los romanos pretendieron subir mediante escalas. Los judíos las echaron abajo y dieron muerte a quienes ya habían ascendido. Tito ordenó encender los pórticos de plata. Las llamas se propagaron a los claustros. En su consternación los judíos sólo acertaron a mirar pasmados el incendio. Y su odio a los romanos se exacerbó como si ya hubiera ardido todo el Templo.

XXXII. Tito volvió a pedir el consejo de sus lugartenientes —Tiberio Alejandro, Sexto Cereal, Larcio Lépido, Tito Frugo, Liternio Fronto y Marco Antonio Juliano— acerca del destino que iba a dársele al Templo. Opinaron que mientras existiera un sitio de reunión para todos ellos los judíos continuarían fraguando sublevaciones contra el Imperio. En nombre del derecho de guerra era preciso arrasarlo pues, como los rebeldes defendían el Templo, no se trataba ya de un santuario sino de una fortaleza. En apariencia Tito desaprobó la idea del incendio: pidió que una tropa escogida se abriera camino entre los despojos y las armas enemigas, ocupara el patio interior y extinguiese el fuego.

SALÓNICA

[*l*] Las hipótesis anteriores son falsas. El olor a vinagre flota en el parque. El pozo en forma de torre, el chopo ahíto de inscripciones, poblado de gusanos, existen: cualquiera puede verlos. En cambio las persianas de la casa 1939 no están entreabiertas.

DIÁSPORA

XXXIII. Tito, en la torre Antonia, planeaba el asalto general para el siguiente día, undécimo del mes de Ab, cuando un guardia romano arrojó una antorcha que al prender por el lado norte del Templo extendió el fuego a todo el santuario. Los judíos trataron de sofocarlo sin cuidar ya de sus vidas. Tito corrió a

37

frenar, o fingir que frenaba, a sus soldados. Nadie le obedeció: las legiones avanzaban pisoteando a quienes caían. En su cólera gritaban a los demás que avivaran las llamas y pasasen a cuchillo a los habitantes de Jerusalén, quienes presenciaban azorados la destrucción del Templo y morían por centenares. Los cadáveres se hacinaban en torno del altar. La sangre fluía por la escalinata. El odio y la esperanza del saqueo cegaron a los romanos. El Templo quedó arrasado el mismo mes y día en que siglos atrás fue destruido por los babilonios.

XXXIV. En la parte exterior se refugiaban seis mil niños y mujeres. La incendiaron también y de aquella multitud nadie sobrevivió. Mientras ardían los muros los soldados robaron cuanto pudieron y asesinaron a otras diez mil personas. Al resplandor de la hoguera todos encontraron la muerte: lo mismo si imploraban perdón que si resistían con las armas. El eco de las montañas circundantes multiplicó el fragor de quienes morían, mataban, huían, luchaban, destruían, saqueaban. Sólo la ruina fue más terrible que el desorden. Los legionarios vaciaron las cámaras del tesoro que contenían toda la riqueza del pueblo judío y redujeron a cenizas los claustros y puertas.

SALÓNICA

[m] Sólo hay escasos datos auténticos que pueden ser utilizables a fin de precipitar uno entre los mil virtuales desenlaces.

XXXV. Años antes de que la guerra comenzara aparecieron las señales del fin. Brotaron en el firmamento una estrella en forma de espada y un cometa que se mantuvo un año sobre Jerusalén. Una noche, mientras el pueblo celebraba la fiesta de los Ácimos, una luz deslumbrante brilló media hora cerca del Altar. Los escribas sacros la interpretaron como anuncio de la catástrofe. El mismo día una ternera parió un cordero cuando el sumo sacerdote la llevaba al sacrificio. La puerta oriental —de bronce y tan pesada que veinte hombres se necesitaban para cerrarla— se abrió por sí sola a la hora sexta. Los doctores de la Ley vieron en ello un nuevo presagio de la desolación venidera: la puerta había ofrecido el Templo al enemigo.

XXXVI. El vigésimo primer día del mes de Iyar, antes del crepúsculo, flotaron en las nubes formas que semejaban carros y soldados. Luego los oficiantes en las ceremonias de Pentecostés sintieron un sacudimiento y escucharon el rumor de una multitud que susurraba: "Vámonos de aquí, salgamos de aquí."

XXXVII. Cuando Jerusalén estaba orgullosa de su prosperidad y de su paz, un labrador: Jesús, hijo de Anán, rompió a gritar en medio del Templo: "¡Una voz por oriente, una voz por occidente, una voz por los cuatro vientos, una voz contra Jerusalén y contra el Templo, una voz contra los recién casados y las recién casadas, una voz contra todo este pueblo!"

XXXVIII. Y lo mismo gritó día y noche por toda la ciudad. Hartos de su alarido, los poderosos mandaron azotar a Jesús. Él no dijo nada contra quienes lo atormentaban: perseveró en su augurio, inmutable.

XXXIX. Conducido ante Albino, el procurador romano, lo fustigaron hasta poner al descubierto sus huesos. Jesús no imploró piedad. Cada latigazo imprimía a su voz un acento más lúgubre: "¡Ay, ay de ti, Jerusalén!"

XL. Albino le preguntó quién era, de dónde venía, por qué gritaba aquello. Jesús, sin responderle, insistió en sus lamentaciones hasta que Albino lo dejó en libertad juzgándole un loco. Iba de un lado a otro de la ciudad e incesantemente repetía: "¡Ay, ay de ti, Jerusalén!"

XLI. Así, clamando con mayor fuerza durante las celebraciones, Jesús, hijo de Anán, reiteró su profecía por espacio de tres años y cinco meses; obstinado, sin enmudecer, hasta que, ya sitiada Jerusalén, subió a las murallas y corrió por los adarves gritando: "¡Ay, ay de ti, ciudad; ay de vosotros, Templo y pueblo!" Y acababa de añadir: "¡Ay, ay de mí también!", cuando lo mató una piedra disparada por una ballesta.

SALÓNICA

[n] Lo que aquí se consigna es verdadero: no se ha alterado ningún hecho.

DIÁSPORA

XLII. Los sobrevivientes de la matanza se atrincheraron en la ciudad alta. Cercados por dondequiera, hablaron con Tito en el puente que unía aquel sector de Jerusalén con el Templo. Tito les dijo que olvidaron su propia debilidad y el poder del Imperio contra el cual se habían sublevado. Se engañaron confiando en su gran número: una fracción del ejército romano bastó para vencerlos. Si tuvieron fe en sus aliados no hubo nadie para ayudarlos. Si creyeron excederlos en la fortaleza de sus cuerpos, el valor y la sagacidad de sus jefes, olvidaron que Roma había sojuzgado a los mismos cartagineses. Y luego ni siquiera fingían humillarse ante un vencedor magnánimo que prometió castigar sólo lo imperdonable y conservar sus vidas si capitulaban.

XLIII. Contestaron los insurrectos que rechazaban la oferta de Tito porque habían jurado no aceptarla. Sólo pidieron que los dejara salir con sus familias para buscar refugio en el desierto. Tito respondió lleno de cólera que los cautivos de Roma no podían imponer condiciones. En adelante iba a combatirlos con todo el ejército, a matarlos según las leyes de la guerra, a autorizar el incendio y saqueo de la ciudad.

SALÓNICA

[ñ] En el parque hay varios niños que juegan y el cuidador y todo lo demás inalterable. Pero en la banca donde pudiera estar el hombre al acecho ahora vemos a una pareja de novios.

XLIV. Las llamas del Templo cundieron por calles y edificios repletos de cadáveres. El saqueo no tuvo mayor fruto porque los rebeldes se llevaron consigo todos sus bienes. Destruido el Templo, quemada la ciudad, ocultos los sublevados en las ruinas, Tito ordenó la construcción de nuevas máquinas de asalto.
XLV. El día siete del mes de Elul derribaron las últimas murallas y pusieron las insignias romanas en las torres. Los hombres de Juan y de Simón se refugiaron en los albañales. Las legiones mataron a cuantos encontraban por la calle y más tarde prendieron fuego a las casas sin desalojar a sus habitantes, cuando el hambre no les había dado ya otra terrible muerte. Hacia el crepúsculo terminó la matanza; Jerusalén ardió toda la noche.

SALÓNICA

[o] La casa anteriormente descrita fue demolida en 1959. Los altos edificios la aplastaron. Previa indemnización, resultó evacuada de la noche a la mañana pues las cuarteaduras señalaban un desplome inminente.

DIÁSPORA

XLVI. Concentraron en el Templo a noventa y siete mil prisioneros. Fronto, el amigo más cercano de

Tito, resolvió con un movimiento del pulgar el destino de cada uno. Ancianos y enfermos fueron puestos a la izquierda para ser inmediatamente exterminados. A la derecha se colocó a quienes aún podía utilizar el Imperio. Mientras Fronto acababa su elección once mil cautivos murieron de hambre: unos porque los guardias les negaban alimento, otros porque rehusaron el pan de los romanos. Hubo en total más de un millón de muertos pues al comenzar el sitio quedó en Jerusalén como en una cárcel la inmensa muchedumbre llegada de los parajes más remotos para celebrar la fiesta de los Ácimos. Sólo pudieron comprar su libertad los ricos que no participaron en la batalla.

XLVII. Fronto vendió a los niños como esclavos, distribuyó entre las provincias a los más fuertes —obsequio de Tito para las luchas de gladiadores y el combate en la arena contra las fieras. Los demás, encadenados, fueron conducidos a Egipto a fin de obligarlos a trabajar en minas y carreteras imperiales.

XLVIII. En cloacas y subterráneos descubrieron los cuerpos de dos mil que pactaron darse muerte unos a otros o se suicidaron o se consumieron por hambre. Aunque el olor del pudridero los rechazaba los romanos bajaron en busca de tesoros ocultos. Su ambición quedó satisfecha. Y cuando no encontraron ya nada que robar o destruir, Tito dispuso que únicamente dejaran sin demoler dos de las más altas torres y el lienzo amurallado de occidente para que acampase una guarnición y viera la posteridad qué fortificaciones sometió el poder de Roma. Derribaron y allanaron toda la ciudad. Esparcieron sal y de Jerusalén no quedó piedra sobre piedra.

SALÓNICA

[p] Todo esto, todo esto es un ejercicio tan lleno de referencias a otros libros que seguir su desarrollo es tiempo perdido.

DIÁSPORA

XLIX. Una vez celebrada la victoria y repartidas las legiones, Tito se trasladó a la Cesárea marítima y encerró allí a los cautivos porque el invierno impedía conducirlos a Roma. Para conmemorar los natalicios de su padre y su hermano, Tito ofreció espectáculos en los cuales exterminó a cinco mil prisioneros: comidos por leones, deshechos por gladiadores o quemados en vida.

L. A fin de sellar el triunfo, Tito Flavio Vespasiano ejecutó en Roma a Simón de Gerasa. Juan de Giscala fue condenado a prisión perpetua. Sin embargo algunos zelotes lograron escapar de Jerusalén y durante tres años defendieron sin esperanza la fortaleza de Masada. Cuando ya fue imposible resistir el asedio de la décima legión, los zelotes destruyeron sus posesiones y antes de suicidarse mataron a sus mujeres y a sus hijos. Con la toma de Masada por los romanos terminó la guerra de los judíos y se consumó su diáspora o dispersión por la faz de la Tierra.

SALÓNICA

[q] Alguien se divierte imaginando. Alguien pasa las
horas de espera imaginando.

GROSSAKTION

1. Testimonio de Ludwig Hirshfeld:
El gueto de Varsovia se ha instituido para acabar con los judíos como se exterminó a los perros de Constantinopla: encerrarlos hasta que se devoren unos a otros o mueran de hambre, piojos y suciedad.

A nuestra espalda se han cerrado las puertas de la vida. Ya no somos personas. Ahora todo el mundo puede pegarnos.

Separados de Varsovia por muros y alambradas cuatrocientos mil seres poblamos el gueto: de cinco a ocho en cada habitación. Recibimos doscientas calorías diarias: una décima parte de lo que el ser humano necesita para vivir.

En las aceras los desperdicios forman montañas. Es difícil avanzar por calles repletas de gente. Todos van vestidos de andrajos. Algunos no tienen ni siquiera camisa. A diario llegan refugiados. Se les dio un plazo de cinco minutos para abandonar sus casas. Ancianos, inválidos, enfermos, rezagados en la caminata hasta esta ciudad de la muerte, hijos que se aferraban a los cadáveres de sus padres: a todos ellos se les asesinó de inmediato.

Los cuerpos de quienes han muerto de tifus exantemático yacen dondequiera cubiertos con periódicos. Multitudes de niños pululan por todas partes. Nadie podrá olvidar sus voces. Los niños alimentan al gueto; sin ellos moriríamos de hambre. A veces un centinela alemán sonríe a un niño y disimuladamente le permite pasar o regresar del lado ario. Acaso al ver al pequeño judío ha recordado a sus hijos. En última instancia ellos también son hombres. Pero aunque no todos sean verdugos y asesinos muchos disparan contra los niños. Siempre alguno de estos heroicos combatientes entra en el hospital herido de bala.

En todo momento se ven espectáculos atroces. Una mujer da a su hijo un pecho reseco. A su lado hay otro niño, muerto. Se encuentran a mitad del arroyo moribundos con una mueca de dolor en el rostro. Constantemente hay que amputar a los niños dedos, manos o pies congelados.

Veo a un niña que intenta deslizarse al exterior. El guardia nazi la detiene. La niña se abraza a sus botas, pide clemencia. El centinela ríe y dice: —No morirás pero no volverás a contrabandear—. Luego dispara a los pies de la niña.

Pregunto a otra: —¿Qué quisieras ser? —Me responde: —Un perro, porque a los centinelas les gustan los perros.

Al principio se obligó a los judíos a saludar a todo alemán. Después quedó prohibido saludar a ningún alemán. En consecuencia son siempre apaleados: cuando saludan y cuando dejan de hacerlo.

Atraviesan el gueto autobuses turísticos. Por sus ventanillas se asoman rostros que la curiosidad desfigura. Para los alemanes se trata de una visita al zoológico. Göbbels les ha enseñado qué significa el poder y cómo hay que despreciar a las otras razas.

Todo el misterioso proceso que convierte a un hombre en asesino consiste en una transformación del mismo orden: en el alma humana se produce un mínimo reajuste de conceptos y sentimientos. Hay que despojar a la futura víctima de todos los atributos de la humanidad para conferirle los rasgos de una especie repulsiva: chinches, ratas o piojos.

Los judíos que trabajan en el sector ario pasan ante la guardia en formación y sombrero en mano. Los centinelas escogen a un grupo y hacen que sus componentes se desnuden y arrastren. O bien los ponen de rodillas o los obligan a bailar. Los nazis contemplan el espectáculo muertos de risa.

Sólo consigno hechos que he presenciado o me han referido testigos de confianza. Pero notas como éstas no pueden expresar verdaderamente el horror de nuestra vida en el gueto.

S A L Ó N I C A

[r] Los incisos comprendidos entre la m y la p son un disparate, una chocarrería, mero prurito de complicar lo que es tan diáfano y evidente —por más que eme quisiera prolongar al infinito las hipótesis: años de encierro le mostraron, a él tan impaciente, la inofensiva y consoladora utilidad de las narraciones: desde el habitante de las cavernas hasta el último todos necesitamos en alguna forma de ellas. Y eme, como se dijo, preferiría continuar indefinidamente jugando con las posibilidades de un hecho muy simple: A vigila sentado en la banca de un parque, B lo observa

tras las persianas;

pues sabe que desde antes de Scherezada las ficciones son un medio de postergar la sentencia de muerte.

GROSSAKTION

2. *Anotación en el diario de Hans Frank, gobernador general:*

Hemos condenado a morir de hambre a millón y medio de judíos. La mortandad se duplicará en los meses de invierno. Esta guerra no terminará sin que los hayamos exterminado a todos. Porque si los judíos lograran sobrevivir sólo sería parcial nuestra victoria. Hay que despojarnos de toda compasión: nadie que no pertenezca al pueblo alemán merece piedad.

3. *Informe de un sobreviviente:*

Como es natural, los judíos alemanes fueron las primeras víctimas del nazismo: hostilizados por todos los medios, privados de sus trabajos, sus costumbres y aun del alimento para sus hijos. Sin embargo, las ejecuciones en masa no comenzaron hasta que Hitler ocupó a Polonia. Al tiempo que se concentraba en guetos a los judíos se multiplicaban los actos de sadismo: violaciones colectivas en sinagogas, prender fuego a las barbas de los rabinos, obligarlos a tragar carne de cerdo arrodillados en la plaza pública ante una multitud gozosa y hostil...

Luego se nos exigió llevar un brazalete con la estrella de David y trataron de matarnos de hambre. Lo hubieran logrado de no ser por el contrabando. Víctimas de una persecución milenaria, desarrollamos métodos de resistencia pasiva que, bajo las condiciones enteramente nuevas impuestas por los nazis, fueron nuestra salvación como pueblo y nuestra ruina como individuos.

Nos habían enseñado a tener esperanza aun con la soga al cuello. Sin fuerzas militares ni armas ni disciplina bélica que nos permitieran enfrentarnos a un ejército poderosísimo, no aceptamos la realidad del exterminio hasta entrar en la boca de las cámaras. Tampoco había en la historia humana un precedente capaz de hacerla concebible.

Los más imbuidos de religión se negaban a creer en el abandono de Dios, equivalente a confesar su inexistencia. Preferían entender su martirio como una prueba enviada por Aquel cuyos designios son inescrutables. Otros quedaban aplastados por la maquinaria del terror y se hundían en una pasividad suicida.

El núcleo de la resistencia en los guetos fueron los partidos de izquierda. A pesar de la confiscación de sus máquinas impresoras lograron mantener periódicos clandestinos que conservaron vivo el espíritu de insumisión y el odio contra los nazis. En Varsovia cada medida represiva, cada asesinato acrecían nuestra voluntad de luchar. A través de conductos subterráneos nos llegaban armas, alimentos y medicinas. Además los SS y los hombres de la Gestapo no eran ciertamente insobornables.

A fines de julio de 1942 el Concejo Judío recibió orden de seleccionar a seis mil niños, mujeres, enfermos y ancianos para los "batallones de trabajo". Dos días más tarde —el nueve del mes de Av, aniversario de la destrucción del Templo por las legiones romanas— salieron hacia Treblinka los deportados.

Un fugitivo convenció a quienes se habían negado a creerlo de que el objeto de la deportación era la muerte: el exterminio en masa de todos los judíos. Ya nadie se presentó voluntario para el trabajo. Los SS emprendieron redadas de mendigos, desempleados y niños sin hogar.

El 18 de enero de 1943 los elegidos para seguir el camino de Treblinka se repitieron las palabras de Judas Macabeo: *Y no nos dejaremos matar.* Dieron muerte a los nazis que los conducían a la estación del ferrocarril. Y ni siquiera derribando a cañonazos varios edificios del gueto los alemanes pudieron detenerlos.

SALÓNICA

[5] En los labios del hombre sentado al que llamaremos Alguien, podrá leer quien tenga el entrenamiento necesario murmu!los que no se escuchan pero que inventa o contempla el narrador omnividente.* En laringe, boca, fosas nasales corriente de aire sorda o sonora. Se entreabren los labios. El predorso de la lengua se eleva hacia el paladar, como si Alguien murmurara algo entre dientes. Los órganos de la articulación producen al estrecharse meras series vocálicas

---

* ¿Quién es el narrador omnividente? uno de dos: eme o el hombre sentado a unos catorce o quince metros del pozo con "El aviso oportuno" entre las manos.

51

inaudibles a esta distancia. O quizá sílabas, quizá palabras. Vocales que se diptongan, se abren o se cierran hasta que el murmullo se traduce en fonemas pero inarticulados, oraciones pero que se deshacen, verbos que se propagan y contaminan todo el rezongo.

GROSSAKTION

4. Orden de Heinrich Himmler, Reichsführer de las SS:

Por razones de seguridad ordeno destruir el gueto de Varsovia en cuanto sus pobladores se hallen concentrados en Treblinka. Demoler el gueto e instalar el campo son medidas indispensables para la pacificación de Varsovia. Este foco de criminalidad no podrá extinguirse mientras subsista el gueto. A cualquier precio hay que lograr la desaparición de las viviendas destinadas hasta ahora a quinientos mil infrahombres, absolutamente inutilizables como alemanes. Por lo que se refiere a la ciudad de Varsovia —conglomerado de más de un millón de habitantes y foco de continuas disgregaciones y revueltas— es preciso asignarle un espacio mucho más reducido.

5. Continúa el informe de un sobreviviente:

La expresión "como ovejas al matadero" [*Salmos* 44:22] tuvo originalmente un sentido positivo: aceptar el martirio como obediencia a la voluntad divina. Para nosotros, los jóvenes de los guetos, dejarse conducir a la muerte era una idea humillante y repulsiva. Si íbamos a ser exterminados deberíamos morir combatiendo. Sobre la base de los activistas de izquierda se constituyó la ZOB (*Zydowska Organizacja Bojowa:* Organización Judía de Combate). El odio más legítimo contra los nazis y el más justificado deseo de venganza eran sus fuerzas impulsoras.

El mismo 16 de febrero de 1943 en que se expidió la orden secreta de Himmler comenzamos a cavar un gueto debajo del gueto: una red subterránea de fortificaciones, arsenales, refugios, comunicados entre sí mediante el Kánal: el laberinto de las cloacas.

Mientras tanto los nazis trataban de aplazar el cumplimiento de la orden, no por compasión sino por la codicia y la tristeza de perder los miles de zlotys que diariamente se embolsaban. Entonces apareció un torvo personaje que se había mantenido en la oscuridad: el SS *Brigadeführer* Jürgen Stroop. La ZOB tomó el mando del gueto y por medio de volantes informó sobre el exterminio en los campos e hizo un llamado a la resistencia final. Se creó un sentido de solidaridad ante la catástrofe y una moral de combate.

SALÓNICA

[*t*] La situación inicial se restablece. Tras las digresiones —que no vienen al caso excepto como una forma de rehuir momentánea e inútilmente el justo final de una subhistoria que pertenece a otra mucho más vasta y lamentable, tanto que mejor sería no hubiese ocurrido para que las cosas no llegaran al presente extremo y por añadidura ni siquiera se formulasen estas acotaciones conjeturales— la situación inicial se

restablece:

Alguien está sentado en la banca del parque y no le importa —o le interesa en gran medida— ser visto por eme entre las persianas. Situación inicial que puede corresponder a una de las premisas comprendidas entre la *a* y la *s* —aunque nada impide tampoco la verosimilitud, materialización o evanescencia de la *f* y la *h* y las siguientes.

Ocurre sin embargo que ninguna de las hipótesis anteriores atañe a eme. eme ha de ser entonces un paranoico, un hombre a quien ciertos desarrollos de la historia moderna afectaron al punto de hacerlo enloquecer porque otro hombre inofensivo —inofensivo al menos para él— lleva muchos días sentado a las mismas horas en la misma banca del mismo parque con el pozo en forma de torre donde flota un olor a vinagre, caen las hojas aciculares de los pinos, se ahondan las inscripciones en la corteza de un chopo, los gusanos seccionan renuevos, más hojas, yemas; las hormigas acosan a un gorgojo, la huida es imposible: está solo, sitiado entre las hierbas altísimas —escarpaciones, contrafuertes—; las hormigas lo llevarán al centro de la tierra por galerías interminables, lo arrastrarán a sus depósitos o salas de tortura; por ahora, sin comprenderlo (los gorgojos no piensan: ¿los gorgojos no piensan?), el gorgojo está solo, cercado por la tribu solidaria.

GROSSAKTION

6. Relato de un testigo presencial

El lunes 19 de abril de 1943 Jürgen Stroop ordenó

rodear el gueto de Varsovia. Al amanecer doscientos SS entraron marchando en formación cerrada con tanques, ametralladoras y dos trailers de municiones. Se detuvieron en la esquina de Mila y Zamenhof. La población civil se ocultó en los refugios mientras los grupos de combate volaban los tanques con botellas incendiarias y obligaban a retroceder a sus verdugos. Los nazis, que no esperaban encontrar resistencia, volvieron al ataque. Eran trescientos y cien resultaron muertos por el estallido de una mina eléctrica. Regresaron con lanzallamas, otros tanques y artillería de campaña. Incendiaron los edificios próximos al cruce de Mila y Zamenhof. En la calle Nalewki combatieron de nuevo con la defensa judía. Para aislar del gueto la zona de la fábrica de cepillos, ocuparon la plaza Muranowski, y por tercera vez se replegaron, ahora sin encender los edificios en que se atrincheraban los combatientes.

Mientras se reponían de la sorpresa, los SS asaltaron las viviendas próximas a las instalaciones industriales alemanas y detuvieron a un gran número de obreros capaces de participar en futuros combates. Alguien, bajo tortura, informó que los grupos resistentes se comunicaban entre sí mediante la red de alcantarillas. Los nazis vaciaron los estanques de Varsovia para anegar las cloacas que conducían el desagüe hasta el Vístula. Ignoraban las complejidades del sistema: antes de que las aguas negras invadieran sus refugios los judíos pudieron drenar el Kánal gracias a una válvula de emergencia.

[*u*] No, la verdad es muy distinta: el hombre es un dramaturgo frustrado que abandona el departamento de dos piezas en que el ruido de los hijos, las discusiones con su mujer, las voces en el corredor, le impiden concentrarse, escribir. Y busca la aridez tranquila del parque donde el rumor del mundo se vuelve estímulo y no obstáculo para meditar tramas, desarrollos, parlamentos.

El dramaturgo no ha tenido éxito, no ha logrado publicar ni ver sus obras en escena. Tal vez ni siquiera escribirlas, atareado en trabajos opuestos a lo que considera su vocación, anhelo y esperanza. Este hombre lleva el teatro en la sangre. Basta mirar sus gestos para advertir que no deja un instante de tregua a la imaginación. Actor nato, escucha interiormente a sus personajes y los representa, los hace hablar en silencio, antes de sentarse a la máquina o tomar la pluma —Esterbrook negra, modelo antiguo, tinta café, nunca bolígrafo; el artista es dueño de sus manías.

Lectura del pensamiento por disciplina indostánica, adivinación por el vuelo de las aves o las entrañas de los gusanos, las líneas frontales, los sedimentos del té que eme dejó enfriar sin llevarse a los labios —o simple arbitrariedad del personaje no identificado, el narrador omnividente: algún medio permite el conocimiento innecesario de que este hombre piensa en una obrita en un acto, no muy ambiciosa ni original, que podría llamarse por el lugar donde se desarrolla "Salónica".

Trata de un personaje, Isaac Bar Simón o Pedro Farías de Villalobos, que en julio de 1492 se convirtió para no ser arrojado de España como otros cuatrocientos mil sefardíes a quienes los Reyes Católicos desterraron a fin de purificar el país y darle unidad religiosa. Apenas entraron en Granada, Isabel y Fernando promulgaron el Edicto de Expulsión (31 de marzo de 1492) que fijaba el 31 de julio como último plazo para que los judíos optasen por el bautizo o el exilio. La aristocracia dominaba una economía esencialmente agrícola; los sefardíes amenazaban su predominio por ser la fracción más dinámica de las nacientes capas burguesas y la que regía el capital y la actividad económica en las ciudades.

Isaac Abrabanel, financiero que contribuyó a la guerra de Castilla y Aragón contra el último rey moro, prefirió irse y perder todos sus bienes. Otros, como los aragoneses Luis de Santángel y Gabriel Sánchez, se quedaron en Sefarad y cooperaron al viaje de Cristóbal Colón.

Pedro Farías de Villalobos fue uno de los cincuenta mil sefardíes que rechazaron el exilio. Toledo era su tierra y la tierra de sus padres. Pero ¿cómo remplazar la Ley de Moisés por un Cristianismo impuesto mediante el odio, el terror, la amenaza de muerte? Y prosiguió en la sombra los ritos talmúdicos con la esperanza de que la prueba terminaría como acabaron tantos otros martirios.

La apariencia de fervor no menguaba el recelo envidioso de los cristianos viejos que carecían de sus medios y precisaban de sus fondos para los tratos comerciales. Tampoco aminoraba la incertidumbre de los cristianos nuevos quienes, para estar libres de sospecha, la hacían recaer en otros conversos y a menudo atizaban el fuego legendario: niños descuartizados en las ceremonias del Sabbath, veneno en pozos y alimentos. Unos y otros al exorcizar sus propios fantasmas preservan el odio contra los judaizantes, acusados de usura, sodomía, traición y blasfemia.

Entretanto las Indias Occidentales surgían del Mar Océano más allá de la Última Tule. Y no eran el Mundo Escondido de que hablaban las sectas proscritas, las hermandades ocultas. Tampoco los dominios del Preste Juan ni el Reino Central amurallado por dinastías milenarias, sino las tierras conquistables a sangre y fuego en que el imperio iba a fincar su poder, a hallar el oro, la plata, los no probados frutos, las multitudes de esclavos que forjarían la riqueza de Europa.

Sus Piadosas Majestades necesitaban dinero para extender sus conquistas, requerían de un poder central que mantuviera sin fisuras el orden, borrara de la Tierra a los herejes y emplease sus fortunas mal adquiridas para la propagación y el triunfo de la fe en todos los confines del mundo.

—*Eso ya lo sabemos. Continúe.*

Isabel y Fernando lograron hacer de la Suprema y Real Inquisición el organismo represivo más notable de su época. ¿Quién podía estar seguro de que su existencia no iba a concluir en la pira de leña verde o en los campos oscilantes de concentración y trabajo esclavo: las galeras?

Así una noche,
abierto el Tiempo de Gracia al proclamarse el Edicto de Fe que obligaba a todo buen cristiano a delatar cualquier indicio de apostasía y exhortaba a los heréticos a denunciarse, garantizándoles inmunidad,
Isaac Bar Simón o Pedro Farías de Villalobos fue conducido a la cárcel secreta pues un informante anónimo observó que no encendía fuego desde la tarde del viernes. Aceptó sus prácticas de hereje relapso y al no manifestar deseo de enmienda fue sometido a la "toca" o tortura del agua.

Tan difamado, el Santo Oficio no quería castigar: aspiraba a la salvación eterna del infidente. Pero el inquisidor que le tocó en suerte a Villalobos tenía la flaqueza de cambiar su hábito por la máscara del verdugo. Lo animaba la certidumbre de que al herir los cuerpos para establecer la salud de las almas colaboraba espiritual y materialmente en la salvación eterna de los apóstatas.

A Villalobos, hombre pródigo, le debían favores todos los habitantes de Toledo, incluso el tribunal de la Inquisición. Pasados cinco años en la Casa de Penitencia —cinco años que no fueron de torturas, prohibidas por la ley, sino de un solo continuado tormento— sus amistades lograron del Santo Oficio que el judaizante no muriese en la hoguera y la cadena perpetua se condonara por exilio definitivo e incautación de todos sus bienes.

Farías de Villalobos fue arrojado de la ciudad: jinete en un asno, dogal al cuello, látigo sobre la espalda desnuda. Muerta su mujer durante el proceso, perdidas sus casas y tierras labrantías, prisionero en

Argel de los berberiscos que capturaron el galeón cerca de Córcega, finalmente el 24 de junio de 1498 Isaac Bar Simón desembarcó, igual que tantos otros sefardíes, en Salónica.

La obra comienza, se supone, una tarde hacia 1517, cuando Isaac y un compañero de exilio recuerdan la cárcel, la tortura, la proximidad del auto de fe. Al hablar del inquisidor que los atormentaba, Isaac dice que tarde o temprano se vengará al reconocerlo por la gran cicatriz que su verdugo tiene en la axila izquierda. El diálogo pone más y más inquieto al segundo interlocutor. Bar Simón empieza a cercarlo hasta que el hombre confiesa ser el fraile toledano, posteriormente víctima él mismo de la Inquisición al ser delatado por observancia secreta de la Ley Mosaica. Isaac esperó durante años. No tenía la certeza de que su amigo fuera el torturador. Finalmente decidió aventurarse y acorralarlo hasta que admitiese la verdad. Y lo lleva a rastras hacia otra habitación cuando alguien más sube a escena: el director.

El director hace algunos comentarios y pide que repitan el ensayo. La obra recomienza idéntica. La consternación del monje va en aumento. El director vuelve al escenario y ayudado por Isaac incrimina al farsante. Se trata en realidad de quien sospechaban. La escenificación fue una trampa, la obra una celada. Los actores que representan al director y al judío de Toledo llevan al monje hacia otros cuartos, adonde nadie sabe qué pasará con él.

Insatisfecho con el esquema, el dramaturgo repasa los detalles, enriquece los diálogos, mitiga las referencias, sustituye términos actuales por hebraísmos que suenan mejor en boca de sus personajes... Teatro dentro del teatro nuevamente. Y qué difícil todo: cómo justificar veinte años de acecho en Salónica, tanta paciencia, tal habilidad para fingir ante el inquisidor que la historia había sido olvidada.

Bien; pero ¿qué busca entre los anuncios de *El Universal?* No concisión de estilo seguramente. Es una forma de evitar que recaigan sobre él las miradas y su presencia despierte las ironías connaturales al hecho de "inspirarse" en un parque público. Nadie tan sensible al sarcasmo como el dramaturgo que no ha podido escribir ni siquiera una escena. Para él resulta preferible que lo tomen por obrero despojado, corruptor, padre sin hijos, amante, nostálgico, detective, antes de ser descubierto como el dramaturgo que se sienta en una banca a imaginar una obrita llena de trucos y reminiscencias literarias a unos catorce o quince metros del pozo, junto a las inscripciones en el chopo, sobre las hormigas que arrastran a un gorgojo por inviolables pasadizos, tinieblas.

GROSSAKTION

7. *Continúa la narración del testigo:*

Stroop ordenó entonces el bombardeo del gueto. Situaron los obuses en la plaza Krasinski y tropas de asalto allanaron casa por casa. Pero al entrar los nazis en un edificio los guerrilleros pasaban al sótano contiguo y terminado el cateo recuperaban su posición.

Los judíos rechazaron un segundo ataque a la fábrica de cepillos. Entonces los SS incendiaron las construcciones vecinas y los defensores tuvieron que abrirse camino entre las patrullas enemigas. Stroop comprendió que la resistencia estaba preparada contra todo excepto contra el fuego —e hizo que ardiera cada pared del gueto.

Desde los edificios que lo dominaban en toda su extensión, grandes reflectores horadaron la oscuridad para descubrir a los combatientes, hombres y mujeres, semiocultos en esquinas o apostados en azoteas de las casas que aún se mantenían en pie.

A los nazis les pareció inconcebible que los judíos pudieran frenar una y otra vez su ofensiva. Inconcebible y doloroso: porque los mejores ejércitos del Führer sucumbían bajo Zhukov en Stalingrado y en Noráfrica Montgomery detenía para siempre el avance victorioso de Rommel.

Seguramente Stroop recibió una llamada de atención desde Berlín pues una empresa que juró terminar en tres días se prolongaba ya una semana y con pérdidas superiores a las previstas. Pidió ayuda de la Luftwaffe para multiplicar la obra del lanzallamas. Bombarderos Heinkel arrojaron cargas incendiarias. Quienes disparando a lo alto desde las azoteas trataron de impedir los vuelos rasantes cayeron bajo la ráfaga de las ametralladoras que los Heinkel llevaban en sus alas.

El fuego derribaba los edificios. Sus habitantes corrían por cientos a la calle. Las balas los exterminaban antes de que pudieran encontrar un pasadizo o una alcantarilla para deslizarse en el Kánal. Sus cadáveres quedaban sobre los adoquines o en los patios cubiertos de ceniza, mientras la primavera florecía en Varsovia bajo el estruendo de los cañones y bajo el humo que el viento arrastraba hacia los bosques humedecidos por el Vístula.

Capturados veinticinco mil judíos, la resistencia quedó limitada a un grupo que desde las cloacas pugnaba no tanto por sobrevivir a la Grossaktion como por aniquilar al mayor número posible de SS y ofrendarse en nombre de cuantos se dejaron matar.

Las llamas destruyeron el extremo norte del gueto. Luego se propagaron de una calle a otra y el incendio arrasó manzana tras manzana. Si resistía algún muro, los Heinkel regresaban para aumentar la combustión mediante nuevas toneladas de bombas.

Se anubló el aire, llovieron cenizas sobre la ciudad, miles de combatientes se calcinaron en los refugios, las densas aguas del Kánal hirvieron durante muchos días. Los reflectores continuaron escudriñando las ruinas y los cañones consumaron la destrucción.

SALÓNICA

[v] No, no es precisamente un dramaturgo: se trata de un escritor aficionado que al salir de la fábrica de vinagre descansa en el parque y lee "El aviso oportuno" en busca de un trabajo menos contrario a sus intereses que le permita dedicar algunas horas a sus proyectos. Tiene una deuda y quiere pagarla con el modesto expediente de escribir. ¿Escribir sobre qué?

Sobre un tema único que le atañe y le afecta como si fuera culpable de haber sobrevivido a una guerra lejana que sin embargo extendía su pavor a través de letras negreantes en el periódico, fotos, voces en la radio y sobre todo imágenes cinematográficas miradas con aparente impunidad pero cuya violencia dejó en nosotros invisibles señales, holladuras, estigmas. Y tanto tiempo después la visión de camiones y autobuses que despliegan banderitas nazis —en su propio país, en una tierra que de haber triunfado el sueño de conquista planetaria hubiera seguido el camino de los hornos crematorios—, opiniones llenas de simpatía quejumbrosa hacia Hitler, grupos que no ocultan su veneración por el Führer, jóvenes envueltos en la suástica como amparados en un signo heroico, autores que redactan, editoriales que publican y librerías que venden exaltaciones del nazismo... el espectáculo de éstas y tantas otras cosas a la vista le indujo a escribir, en la tarde libre del sábado y por la noche del domingo, artículos que enviados a dos o tres publicaciones cayeron al cesto de la colaboración espontánea y, entregados personalmente, recibieron (semanas después, bajo insistencia telefónica) amables o cortantes respuestas:

—Esto ya no interesa —Lo hemos leído un millón de veces —Ya ni quién se acuerde de la segunda guerra mundial —Ahora hay problemas mucho más importantes —Está muy visto —Está muy dicho —Usted lo único que hizo fue resumir unos cuantos libros —Su enfoque no es nada objetivo —Es más de lo que aguantan nuestros lectores —Si existen tantos conflictos no resueltos en México no podemos dedicar espacio a lo que sucedió en Europa hace ya muchos años —¿Genocidio? Genocidio el de quienes mueren de hambre aquí mismo —Mire esto resulta contraproducente —Lo mejor que se puede hacer contra el nazismo es olvidarlo —No ve que cada nuevo ataque le da vida —Pero cómo se atreve a escribir sobre algo que no presenció —El nazismo es un fantasma que ya no le quita el sueño a nadie —Le aseguro que ni el uno por ciento de lo que usted dice es verdad —Lo que pasa es que Alemania perdió la guerra —Usted se creyó toda la propaganda comunista contra Hitler —Además si no es judío para qué diablos compra el pleito —A poco se imagina que alguien se lo va a agradecer —Por qué no escribe sobre los indios de México —Por qué no aprovecha su material para un artículo que hable también del bombardeo de Dresde ordenado por Churchill los crímenes de Stalin (Hitler se queda corto le aseguro Stalin inventó los campos de concentración) y también se refiera a las purgas en China los lavados de cerebro en Corea y Vietnam por supuesto mencionando lo de Hiroshima y Nagasaki —Tal vez un trabajo así podamos publicarlo en nuestra edición de aniversario —Sin ánimo de ofender mi amigo creo que también los cabrones judíos tuvieron parte de culpa en que se los llevara la chingada —Han sido los primeros pinches discriminadores ¿O no? —Pues Hitler tuvo cosas muy buenas —No se le puede negar ni condenar así como así —Francamente para qué hacernos pendejos entre nosotros hubo mucha simpatía por los nazis sobre todo al principio de la guerra —A ver si les daban en la madre a los gringos que nos tenían bien jodidos por la expropiación petrolera —Además ya desde tiempos del Káiser los alemanes nos habían prometido que si le entrábamos a los trancazos con ellos y jodían a los Estados Unidos nos iban a devolver California, Texas y todo lo que nos robaron los yanquis —Oiga usted de plano no hay derecho a perder tiempo en estas pendejadas cuando hay tantas injusticias tantos ladrones en los puestos públicos y tantos muertos de hambre en el país —Aquí pues nomás no habido nunca antisemitismo —Pregúntele a los mismos judíos y verá —Son dueños de casi todos los negocios—

Todo eso todo eso (si existe y no son calumnias inventadas para justificar sus temores) redobla en él la voluntad de escribir sin miedo ni esperanza un relato que por el viejo sistema paralelístico enfrente dos acciones concomitantes —una olvidada, la otra a punto de olvidarse—, venciendo el inútil pudor de escribir sobre lo ya escrito y las dificultades para encontrar documentación en una ciudad sin bibliotecas públicas; ya que sólo dispone para hablar del gueto varsoviano de referencias inconexas y aun contradictorias; y para narrar la destrucción de Jerusalén, de lo que nos legó Flavio Josefo: un traidor, un colaboracionista que al ser derrotado se pasó al bando de los opresores y como los esclavos adoptó el apellido, Flavio, de sus amos; escribió en Roma, vigilado por Tito, para enaltecer las atrocidades imperiales contra su propio pueblo, exhibir el poderío romano y desalentar otras posibles rebeliones;   si el hombre empleara, como es inevitable, el libro de Josefo tendría que darle la vuelta y observar los hechos desde un punto de vista contrario al de su autor.*

Pero el hombre y cuantos sepan de su tentativa pueden preguntarse hasta qué punto no es una coartada referirse a crímenes históricos mientras en el instante en que reflexiona bajo el espeso olor a vinagre

las matanzas se repiten, bacterias y gases emponzoñados hacen su efecto, bombas arrasan hospitales y leprosarios, cae el napalm sobre los civiles (en primer término los niños) más que sobre los inaprehensibles guerrilleros ocultos en arrozales y galerías subterráneas, ráfagas de metralla se clavan en los recién nacidos, arden aldeas enteras, se extermina a sus pobladores, se concentra a los sobrevivientes en campos alambrados, se tortura a los presos, son arrojados en agonía a grandes fosas, o vivos se les perfora el hígado con un cuchillo, los hacen arrastrar por tanques, los envenenan con sales de plomo en el arroz;

o bien intentan arrancar confesiones a los sospechosos mediante disparos a corta distancia de la oreja y golpes de tae kwon do y a menudo se extralimitan y los desuellan vivos y los cuelgan de los árboles como ejemplo para sus compatriotas y a fin de no mancharse las manos los invasores encargan de los trabajos sucios a otros orientales;

y esto y más se cubre bajo el manto de frases resonantes, himnos y arengas inflaman a los cruzados que

* O tal vez Josefo aceptó la ignominia con objeto de sobrevivir para dejar un testimonio que de otro modo se hubiera perdido irreparablemente.

baten selvas, planicies, mesetas, arrozales; hermosas palabras, percusiones tan semejantes en cuatro idiomas y en cuatro mundos distintos;

¿hasta qué punto?

porque el odio es igual, el desprecio es el mismo, la ambición es idéntica, el sueño de conquista planetaria sigue invariable;

y frente a ello una serie de palabritas propias y ajenas alineadas en el papel se diría un esfuerzo tan lamentable como la voluntad de una hormiga que pretendiera frenar a una división Panzer en su avance sobre el Templo de Jerusalén, sobre Toledo, sobre la calle Zamenhof, sobre Da Nang, Quang Ngai y otros extraños nombres de otro mundo.

GROSSAKTION

8. Epílogo:

Y pese a todo la resistencia continuó. Los nazis peleaban contra fantasmas errantes entre escombros, dispuestos a morir después de haber matado a muchos enemigos y mantenido a raya al ejército que se preciaba de ser el mejor en toda la historia.

Con detectores de sonido y perros amaestrados los SS encontraron túneles y refugios. Ponían cargas de dinamita y una vez volado el reducto arrojaban gases a su interior para que nadie sobreviviera. Los perros olfateaban el rastro y podían desgarrar a los fugitivos. Como siempre los SS actuaban sin misericordia y exterminaban niños y mujeres con la misma ferocidad aplicada a los combatientes. Los guerrilleros seguían luchando aunque mirasen a los cielos y no hallaran *al Señor de los Ejércitos que no ordenaba las tropas de la batalla, los instrumentos de su furor, para que cese la arrogancia de los soberbios y se abata la altivez de los fuertes. Y miraran a la tierra y sólo hallasen tribulación, oscuridad y angustia, y fueran sumidos en tinieblas.*

La *Grossaktion* terminó el 16 de mayo de 1943 con la voladura de la Gran Sinagoga de Varsovia. En el gueto ya no quedaba en pie ningún otro edificio. Y aunque la red de alcantarillas y el auxilio exterior permitieron a muchos encontrar refugio en los bosques, entre las ruinas aún se ocultaban algunos sobrevivientes cercados por patrullas de SS que lograron *asolarlo todo y dejarlo sin morador y tornarlo en desierto.*

Las piedras calcinadas humeaban, el agua de las cloacas hervía, cuando llegaron contingentes de Auschwitz para que hasta los escombros fueran arrasados y del gueto de Varsovia no perdurasen sino púas, ceniza, polvo, huesos, astillas.

Entonces Jürgen Stroop pudo informar a Himmler: el
  antiguo
    barrio
      judío
        de
          Varsovia
            dejó
              de
                existir

El
número
de
judíos
ejecutados
o
detenidos
asciende a 56 065.

S A L Ó N I C A

[x] O tal vez la casa no existe: Alguien está efectivamente sentado en el parque desierto con olor a vinagre —pero frente a un terreno baldío donde hubo una casa demolida hace quince años y luego un edificio que se incendió por explosión de gas.

O bien

[y] Todo lo anterior es información que debe codificarse. Datos para una computadora. La máquina dirá quién es eme, qué busca uno del otro, qué sucede.

Mientras tanto [z] el hombre sentado a unos catorce o quince metros del pozo junto al chopo entre el olor a vinagre, comprueba a cada instante sus dotes interpretativas y como si respondiera a un director escénico, flexible a sus análisis de personaje a través de los actos de una obra con sentido secreto, se muestra sucesivamente

resignado ante la injusticia, dolorido ante las dificultades cronológicas y tecnológicas para hallar trabajo —en el inciso *a*;

astuto, severo, paciente —en el inciso *b*;

amargo, abatido, molesto —en el inciso *d*;

nostálgico pero con la soberbia de quien lo perdió todo —en el inciso *e*;

astuto, severo, paciente (aunque de otro modo) —en el inciso *g*;

prácticamente invisib'.e (es un contrasentido) e inmóvil —entre la *h* y la *p,* como por otra parte en el inciso *f*;

implacable en *s*;

taciturno y contemplativo —en *u* y *v*;

reflexivo e irónico —en *y*;

sin el menor deseo de continuar jugando con el ratón e investido por la dicha de concluir una tarea que ha ocupado muchos años —en el presente inciso *z* que remata por ahora las conjeturas y al que es indispensable (la hora se aproxima) remplazar.

Terminación de las conjeturas posibles en este momento: las hipótesis pueden no tener fin. El alfabeto no da para más. Podría recurrirse a letras compuestas, a signos prefenicios o anteriores a la escritura —semejantes a las inscripciones en el chopo o las que traza eme con la uña del índice izquierdo en la pared de yeso contigua a la ventana e inmediata, por tanto, a su visión ligeramente oblicua del parque.

Falla entre otras innumerables: el narrador ha dicho quién puede ser el hombre sentado pero no tenemos sino vaguísimas referencias a eme. Fiel a sus monótonas elipsis, a su forma de pasar el tiempo y deshacer la tensión de una inminencia, el narrador propone ahora un sistema de posibilidades afines con objeto de que *tú* escojas la que creas verdadera:

[*Eins*] eme es el apóstol de la medicina futura cuyo nombre suelen recordar las agencias de prensa y muchos labios repiten con indulgencia por sus excesos en aras de la libre investigación y el método experimental. Gracias a eme algunos de nuestros contemporáneos serán inmortales; no en sentido figurado sino en el sentido físico que devuelve su gravedad a la palabra. Somos la última generación de cadáveres. Dentro de poco seres en los estados terminales del cáncer o en el segundo infarto serán congelados y despertarán de su hibernación cuando la ciencia posea los medios para curar todas las enfermedades y los órganos artificiales permitan un simple cambio de refacciones;

y saldrán de su crisálida vivos como las semillas faraónicas, atónitos y con la sensación de extrañeza e impuntualidad del monje que siguió por el bosque el canto de un ave; y en un instante, en lo que dura un sueño, será otro mundo el mundo, habrá pasado un siglo —el peor, se dice razonablemente.

Sólo la envidia puede objetar al proyecto los conflictos de marginación o nostalgia de estos primitivos quienes, pese a las drogas de la conformidad, sentirán profundamente que todo tiempo pasado fue mejor y tal vez opten por el suicidio o la recongelación hasta la época en que la memoria pueda ser extirpada.

Objeciones que no ignoran la eventual destrucción de las ciudades por bombardeo, accidente, error, extravío o incapacidad de almacenamiento o neutralización de las armas nucleares. Y siendo así, cuando el dormido despierte sentirá:

(*primus*) la frialdad del agua al comenzar el deshielo porque cesó la energía eléctrica proveedora de la morgue latente;

(*secundus*) asfixia, escozor en las fosas nasales, calambres en piernas y brazos;

(*tertius*) desesperación por sobrevivir y emerger del medio que se licúa en cristales cortantes;

(*quartus*) impulsos de abrir con todo su cuerpo el ataúd provisional, la urna frigorífica empotrada en un nicho;

(*quintus*) júbilo fetal por haber logrado ponerse trabajosamente a salvo, miradas a los semejantes que pudieron salir, remota compasión por los que aún se debaten en el acuario;

(*sextus*) dificultad de relacionar y recordar y darse cuenta;

(*septimus*) recuperación de la palabra, esfuerzos por intercambiar ideas que se estrellan ante las transformaciones semánticas experimentadas por la lengua materna;

(*octavus*) renacimiento de los síntomas preagónicos tal y como se padecieron antes de la congelación, aunque agravados por el esfuerzo y el sobresalto indescriptibles;

(*nonus*) brusco entendimiento de lo que ha sucedido gracias a la oleada de calor, pérdida de piel, vista y olfato, entre otros malestares ultrarradiactivos, ya que la potencia de las bombas acelera la aparición de los síntomas: debilidad extrema, náuseas, vómito, diarrea, caída del cabello, hemorragias a través de la piel comenzando por las encías; en las cavidades internas de los huesos la médula ósea no da señales de actividad: la reproducción celular queda vertiginosamente inhibida; el nivel de los glóbulos rojos desciende al máximo; el oxígeno falta en todo el cuerpo: los resucitados padecen una variedad amplificada de lo que en nuestra época se llamó anemia aplástica; sólo constantes transfusiones podrían prolongar su vida; si no hay hematíes tampoco se producen leucocitos: la muerte se presenta por hemorragias e infecciones secundarias; la cámara no es del todo refractaria a los rayos ionizantes: puede resistir el embate de seis mil roentgens (seiscientos borran todo vestigio de vida humana), no de una cifra probablemente elevada para entonces al cubo; y quienes al resucitar están muriendo lamentan no ser invertebrados como el *Androctonus amoreuxi*, el escorpión del Sahara, único ser vivo inmune a ciento cincuentaicuatro mil unidades roentgen;

(*decimus*) angustia intolerable ante la perspectiva de agonizar entre los muertos y los que aún se debaten en la urna frigorífica: la morgue está cerrada por imantación que sólo un dispositivo electrónico suspendería y quienes conocen la clave ahora tratan de apagar el incendio de sus cuerpos sepultados en refugios antiatómicos, inútiles a la postre ante la capacidad destructora de mil bombas, cada una un millón de veces más poderosa que las de Hiroshima y Nagasaki; angustia intolerable, anhelo de morir ahora mismo bajo el acoso de sus propias enfermedades no de

75

los rayos gama que traspasan los muros; certeza animal de que la muerte no será inmediata; angustia intolerable.

SALÓNICA

La banca de cemento en que trataron de imitarse vetas y nudos de madera tiene el respaldo roto y deja ver en su interior ladrillos y una armazón metálica oxidada. Hay en cada arriate varias flores deshechas. Surcan el sendero de tierra guijarros que generaciones de pasos han ido limando. Filas dispares de losetas con la inscripción DDF se alzan en el prado casi amarillo. Tres gorriones picotean los claros que deja la hierba. Y enfrente

la acera. Fue reconstruida no hace mucho y ya han vuelto a desnivelarla el hundimiento de la ciudad y los temblores que aterrorizan al extranjero no habituado a ellos desde su infancia. Como siempre, pueden observarse huellas de perro en el cemento, pisadas infantiles, fechas, nombres, toscas obscenidades lacónicas y por imprevisión (al resbalar de la tabla tendida sobre el cemento fresco), las manos de eme también quedaron grabadas en oquedades simultáneas cuando aquella materia era dúctil como la arcilla, sensible como el sulfato de plata.

TOTENBUCH

Descripciones momentáneas que pueden multiplicarse

76

justamente para no continuar las hipótesis sobre la identidad del (posible) doctor eme y sus experimentos llevados a buen término en ciertos lugares de la Europa oriental donde al fin pudo ver cumplida su idea de que la investigación avanzaría muchos siglos cuando se permitiera la práctica de laboratorio sobre seres humanos en vez de conejillos ratas perros y otros vertebrados

así aunque la ingratitud de los sucesores lo niegue el doctor eme pudo abrir el camino hacia la continuidad lograda no por los descendientes el arte las conquistas científicas o militares sino por la extensión ilimitada de nuestra permanencia en la Tierra

la palabra sadismo no alcanza a describir esta locura el causar sufrimiento era un medio y no un fin en nombre de una ciencia aberrante el doctor eme quería encontrar recursos clínicos para que el superhombre ario se hiciera invulnerable al dolor

sueño de un nuevo mundo enteramente dominado por ellos con todos los demás pueblos como esclavos la Tierra entera convertida en la supercolonia de los superhombres a sus pies los nativos afanándose como hormigas para la mayor gloria del Reich milenario hasta que se desplomaran bajo la superexplotación y entonces fueran eliminados por medios tecnológicos a fin de aprovechar industrialmente sus cuerpos

ciencia tecnología poder industria monstruosos experimentos a fin de que adolescentes arios programados

77

para engendrar y concebir superhombres fabricaran en las clínicas del Reich camadas y camadas de gemelos y mellizos con objeto de poblar el espacio vital despejado ya de judíos y ejercer su imperio en los países de los otros subhombres

geme‛os y mellizos educados en el desprecio del sufrimiento propio y ajeno en el repudio de viejas debilidades como la compasión y la solidaridad humana

el *Dr Med SS Unterstrumführer* eme viviseccionó mujeres y hombres injertó células cancerosas observó hasta cuándo es capaz de sobrevivir alguien a quien se le arrancan sin anestesia el hígado los riñones etcétera y hasta dónde mantiene sus facultades una mujer sometida a condiciones extremas de frío o de calor y cómo pueden alterarse artificialmente las menstruaciones

e hizo muchos otros experimentos que despertaron la admiración la emulación la ira la malquerencia de sus colegas que realizaban investigaciones similares agotando al parecer las posibilidades combinatorias de la crueldad

encerrar prisioneros en cámaras de alta presión descompresión alto vacío inocularles virus de tifo e ictericia sumergirlos en agua helada o hirviente exponerlos desnudos al peso de la nieve nocturna darles por único alimento agua salada practicar los más salvajes métodos de esterilización inyecciones en la boca del útero desecación química o eléctrica de los ovarios fuera de su tendencia a elegir entre las multitudes que a diario llegaban a los andenes del campo enanos paralíticos jorobados todos aquellos en fin que pudieran ser exhibidos como prueba de la degeneración congénita mostrada por las razas inferiores como si estos casos no se presentaran en todo tiempo y lugar

eme no manifestó proclividad especial hacia ningún grupo étnico eligió hebreos lo mismo que gitanos rusos franceses tártaros polacos españoles checos húngaros griegos y aun víctimas inconfundiblemente arias que ante la decepción del experimentador cesaron de respirar en un lapso muy semejante al de los subhombres

porque inyectados con virus multiplicables o sometidos a torturas que no pueden describir las palabras todos los hombres son también iguales hecho que pese a su incredulidad eme no pudo atribuir a fallas técnicas

[según el minucioso informe que guardan los archivos ingleses y que redactó en latín el propio eme] por lo que corresponde al enfriamiento que algún día cercano permitirá congelar en vida a los agonizantes eme se propuso ver cuánto frío pueden resistir seres humanos y hallar el medio de que entre nuevamente en calor* quien pasó toda la noche a la intemperie invernal desnudo y encadenado bajo la borrasca o en un estanque cuyas aguas se fueron congelando

* y gane la batalla de Stalingrado.

casi invariablemente las víctimas murieron a los veintiséis grados centígrados fallaron los intentos de resurrección mediante electroterapia o calor animal suministrado por prostitutas que eme se hizo llevar de todos los países europeos excepto Álemania

y no sabemos siquiera la mitad de cuanto ocurrió en los campos de exterminio

acaso el doctor eme aspiraba a formar con sus notas en prosa latina un tratado clásico de la vivisección humana y la metamorfosis de hombres y mujeres en simples organismos de dolor una obra equiparable por su autoridad a lo que fue la *Tabula Smaragdina* para los alquimistas y en cuyas páginas eme explicaría los principios básicos y alquímicos del nuevo método humano-experimental la *Permutatio* la *Transplantatio* la *Transmutatio*.

—*Unmöglich*. eme no puede ser un "científico". En este caso lo hubieran ejecutado o bien, pasada la tormenta, no tendría por qué ocultarse: ejercería tranquilamente la medicina en su país o en cualquier ciudad de América, protegido por todas las leyes. No tendría razón alguna para esconderse. ¿O se ha fingido muerto para disfrutar de su posteridad?

SALÓNICA

El aire envenenado corroe y desgasta todo. Las sustancias tóxicas flotan sobre la ciudad. Las montañas impiden su salida. Los bosques fueron talados. Ya no hay en la cuenca ponzoñosa vegetación que pueda destruir al anhídrido carbónico. Y ahora la semineblina, la antepenumbra, el humo y los desechos industriales, el veneno que excretan camiones, autobuses, automóviles, motocicletas, el polvo salitroso del lago muerto, han velado las escarpaciones y contrafuertes del Ajusco. El barrendero desapareció. El cuidador acaba de entrar en la tienda. Los alrededores se encuentran solitarios. eme y un hombre sentado —uno es culpab!e, el otro inocente; los dos culpables; ambos inocentes— se ven, se escrutan
(los divide
el olor a vinagre).

TOTENBUCH

entonces

[Zwei] el doctor eme modesto cirujano antes de la guerra practicó en su decurso unas dos mil intervenciones radiación de genitales masculinos y femeninos ablación de testículos y ovarios para examinar *in vitro* órganos frescos amputados y determinar el efecto esterilizador de los rayos equis

sus hazañas constan en el archivo del cuerpo operato-

81

rio en el museo de Auschwitz que registra los *casi explorativi* con fecha nombre matrícula del paciente nombres del médico y los ayudantes naturaleza y objeto de la intervención lo que no se detalla es la brutalidad del procedimiento capaz de horrorizar a los operarios de un matadero

por supuesto eme alegaría en su defensa que cumplió órdenes superiores acató su deber de proporcionar órganos frescos para las investigaciones histiológicas

imposible llamar cirujano al matarife que realizaba histeroctomías en cinco minutos y con las torturas que él imaginaba castigos encubría su debilidad y creía herir en cuerpos sin culpa a todos aquellos que le causaron daño en su vida anterior

basta una leve actitud de firmeza o persistencia para que tanta ferocidad se desmorone observen cómo tiemblan ligeramente las varillas de la persiana y al estremecimiento de su mano izquierda se suma la actividad febril de los dedos índice y anular (también) de la mano derecha dedos y uñas que trazan incisiones en el yeso de la pared

SALÓNICA

...cada rasgo en la pared, cada incisión o círculo en el yeso tiene un sentido y cobrará un significado. Parecería que con jaulas o rejas muy estilizadas eme intenta dibujar el navío legendario en que la Mulata de Córdoba huyó de la Inquisición. Pero la magia terminó en 1945. Ningún exorcismo podrá librar a eme de lo que ocurre. No obstante, las rayas poseen alguna simetría:

simetría de la ansiedad, sangre que recorre el cuerpo buscando la herida en que rompiendo su prisión ha de verterse. En eme ya no existen la confianza ni el júbilo. Sólo hay tristeza, abatimiento, miedo —miedo de que hoy y siempre todo acabará mal para él y para los suyos.

TOTENBUCH

Es necesario continuar. El momento se acerca. Entonces

[*Drei*] eme es el "técnico" de la "solución final", perfeccionado como genocida en el castillo de Hartheim. eme dirigió alguno de estos campos de exterminio: Auschwitz-Birkenau, Belzec, Chelmno, Majdanek, Sobibór o Treblinka.

Desde el ascenso de Hitler al poder se establecieron los *Arbeitslager,* campos de trabajo, que más tarde iban a transformarse en *Vernichtungslager,* campos de exterminio. Los *Arbeitslager* concentraron a quienes formaban la resistencia antinazi en Alemania. Entre sus prisioneros hubo siempre una alta proporción de judíos. Poco después empezó a darse muerte a los enfermos mentales (duchas de monóxido de carbono) y a los niños deformes o mongoloides (inyecciones de fenol en el corazón). La idea parece original

83

del cabo austriaco.

Al ser ocupada Polonia Hitler dispuso la reclusión de los judíos en guetos. Como primer paso hacia el desarme moral de la víctima, se logró la ruptura de la solidaridad: quienes colaborasen trabajando en las industrias del Reich quedaban protegidos contra redadas y deportaciones. Guetos y campos de concentración se volvieron centros productores de armas y pertrechos que operaban gracias a la esclavitud de los presos.

En el verano de 1941 Himmler informó a sus secuaces que el Führer había ordenado "la solución final del problema judío" y que ellos, los SS, iban a ejecutarla. La URSS sería vencida antes del invierno; confinamiento y expatriación no bastaban para limpiar el "espacio vital" reclamado por Alemania: era preciso exterminar a todos los *jüdischen untermenschentum*.

A la retaguardia de los ejércitos invasores operó el *Einsatzgruppe* con este objeto específico. Es responsable de dos millones de muertes. Bajo pretexto de trasladarlos para que se establecieran en otra aldea, los SS llevaban a los judíos al borde de una inmensa trinchera antitanque o una depresión natural. Hacían fuego en cuanto las víctimas bajaban de los camiones. Los fusilados se desplomaban en la fosa sin que nadie se tomara la molestia de rematarlos. A quienes llegaban después se les hacía avanzar entre montañas de muertos y agonizantes hasta el sitio preciso de su ejecución.

Estas matanzas en gran escala seguían un método arduo, costoso, sangriento. Algunos oficiales protestaron. Los más terminaron por endurecerse pero otros se suicidaron o fueron confinados en manicomios. Entonces los SS recurrieron a nuevas formas de asesinato colectivo, perfeccionando la experiencia adquirida: monóxido de carbono liberado por motores Diesel, balas emponzoñadas, inyecciones de fenol y petróleo. Todas lentas e inefectivas ante el creciente número de condenados a muerte.

Aquellas industrias del gran capital que más se habían beneficiado con el trabajo esclavo —Krupp, Siemens, Farben— contribuyeron a los esfuerzos para jubilar a los superexplotados. Los químicos de Farben a partir del insecticida *Zyklon* (acrónimo de sus ingredientes: cianuro, cloro y nitrógeno) elaboraron en cristales de ácido prúsico el *Zyklon B:* el gas de las cámaras. Las cámaras que permitían exterminar diariamente hasta quince mil víctimas en cada *Vernichtungslager* y daban margen al aprovechamiento mercantil de sus cuerpos y al reciclaje de sus objetos personales. La matanza quedó íntegramente industrializada y automatizada.

SALÓNICA

Sea pues herr eme entre el nihilismo y la utopía del horror mirando furtivamente al cielo: constelaciones, astros muertos, luz petrificada de una antigua catástrofe que en este instante ocurre hace mil años, arenales de la Luna, desiertos de Marte donde ellos no instalarán jamás las bases que hubieran asegurado la hegemonía del Tercer Reich durante un milenio.

eme sabe que arriba, entre tanta luminosidad filtrada a veces por planetas que ya no existen, giran complejas y precisas maquinarias habitadas por cuerpos incorruptibles condenados a girar infinitamente en su órbita. Y piensa que todo ello fue posible gracias al desarrollo de su balística, a los cohetes enviados contra Londres.

TOTENBUCH

Nacht und Nebel, resonancia de címbalos oscuros, los prisioneros desaparecerán sin dejar huella, se perderán en la noche y la niebla, nadie sabrá de su destino final, el terror secreto, el misterio de las fábricas que elaboran muertos, la tecnología aplicada a la destrucción de la vida para conquistar el *Lebensraum* de los alemanes;

Nacht und Nebel, viajar seis días en un vagón para el transporte de ganado, sin luz sin agua sin alimento sin espacio, en una atmósfera que a las pocas horas se volvió irrespirable; la buena educación desaparece, las costumbres del civilizado se borran, y entre llantos de niños quejas de enfermos protestas lamentos rezos maldiciones, comienza a descender el infierno;

altercados y cruces de injurias parecen fomentar un zafarrancho hasta que Alguien logra imponerse restablecer el orden y mordiéndose los labios recuerda los deberes solidarios, la obligación de no perder los rasgos de humanidad que los verdugos pretenden borrar

86

de todos ellos, la necesidad de oponer la entereza contra el ultraje y la abyección a que se pretende someterlos;

la algarabía no es un inconveniente menor dentro del vagón para transporte de ganado, parte de un convoy interminable que atraviesa la Europa central; pero es más atroz el calor o la sed o la dificultad de respirar o la pululación de insectos en los cuerpos; llega un momento en que es preciso orinar y cagar en el suelo y a la vista de todos; en seguida comienza la disputa por una franja de espacio una rendija que permita aspirar el aire libre; como siempre la irritación contra los culpables se descarga en otras víctimas;

que nadie o casi nadie entre quienes morirán lejos de los lugares donde nacieron y han vivido admite la realidad del exterminio lo prueba la confusión babélica de objetos que se acumulan en el vagón y dificultan aun más el encontrar un sitio para sentarse;

muebles vajillas bicicletas cajas de libros despertadores radios gramófonos instrumentos musicales cuadros retratos máquinas de coser lámparas ollas; cuando Alguien recuerda todo esto le duele en especial la presencia incongruente de los ositos de felpa las muñecas los cuadernos de dibujo los cochecitos a que se aferran sus dueños;

viajar seis días en un féretro irrespirable, en un hacinamiento que ni el más fuerte puede soportar, se diría —ya— el infierno y es sólo el pórtico del verdadero infierno;

la sed la sed, los primeros cadáveres, el hedor de la
corrupción, el blando surgimiento de los gusanos; la
puerta no se abre, nadie responde, el convoy nunca
se detiene; el desastre fermenta y el tren se precipita
hacia la nada en medio de húmedos bosques aroma-
dos, praderas;

la hermosa Tierra indiferente al dolor de los humanos como al pesar de las hormigas;

y después la llegada a una maraña de púas a trechos
iluminada por reflectores; cinco mil prisioneros descienden con azoro, miedo, esperanza, después de un
viaje indescriptible por el continente que eme y los
seres como eme han transformado en matadero e in-
menso campo de esclavos.

Muertos de sed los niños de brazos lamían el sudor
en el rostro de sus madres.

El viento arrastraba un olor que los deportados no
identificaron de inmediato.

SALÓNICA

Un momento de indecisión, luego el inevitable impulso, decirle: Pierde el tiempo. Si trata de horrori-
zarnos pierde el tiempo. Nosotros estuvimos allí. Usted se enteró de lejos: por lecturas, películas, referen-

cias. Pero si Alguien —¿el hombre sentado? ¿el narrador omnividente?— no vacila en repetir lo mil veces sabido es porque cree: (primero) que no debe olvidarse y la millonésima insistencia no estará de sobra jamás; (segundo) que nada puede aproximarse siquiera a la espantosa realidad del recuerdo: él sólo intenta establecer quién es eme y por qué lo persiguen desde hace años; por cuál razón merece el castigo. Y lo que es más: olvidar sería un crimen, perdonar sería un crimen. La moralidad del caso así lo instituye.

TOTENBUCH

Hace calor. Un sendero a la sombra de viejos árboles lleva de la estación al "baño general" que adornan tiestos de flores recién abiertas. Miríadas de moscas zumban en el aire que impregna la doble alambrada de púas con un olor dulzonamente familiar pero irreconocible.

El tren se detiene. Los prisioneros ucranianos abren las puertas. Tras las ventanillas o el enrejado rostros de niños: palidez y temor imborrables. Caras de mujeres y hombres: fatiga, zozobra, angustia, miedo. Al pisar el andén escuchan una obertura tocada por la orquesta del campo. La estación tiene anuncios, horarios, salas de espera. Se diría un alto en el camino, un lugar en donde se trasborda.

Al centro del andén el oficial médico eme inspecciona

a los recién llegados. Con un movimiento del pulgar les ordena alinearse. Los aptos para el trabajo son puestos a la derecha. Ancianos, niños y enfermos, así como un gran número de mujeres, deben formarse al lado izquierdo.

Un altoparlante dicta las órdenes: desvestirse, entregar ropa y objetos personales en las ventanillas. Se desnudan sin protestar: han disipado sus temores el alivio de concluir el viaje, el trato inesperadamente suave, la irónica recepción musical.

Cuando termina la ceremonia parten dos procesiones en línea recta hacia el horror: una por el sendero a la sombra de viejos árboles, otra rumbo al trabajo esclavo. La orquesta subraya la atrocidad de la farsa: eme ha escogido del repertorio marchas y valses de opereta. Hay —dicen quienes ahora lo están viendo— lágrimas en los ojos de los músicos.

Las mujeres y sus hijos pequeños encabezan la procesión. Lloran las madres que traen a sus niños en brazos. Algunos viejos musitan oraciones o cantos ceremoniales: debe amarse a Dios en los premios y en los castigos, nunca hay que desesperar de la vida. Los guardias ucranianos les cierran la boca de un latigazo. Un *SS-Sturmführer* los detiene. Se para al frente de la columna y tranquiliza a las víctimas: no pasa nada, sólo es un baño de vapor, queremos protegerlos, prevenir los contagios.

Entran. Se congestiona la cámara. La puerta se ha

cerrado de golpe. Para mantenerse en equilibrio es necesario pisar a los demás. Los desnudos alzan la mirada hacia duchas y tuberías por las que nunca ha corrido ni correrá el agua.

Conforme al instructivo sobre el empleo de gases letales, eme contempla el espectáculo desde arriba, tras la hermética ventana o portilla color verde, y filma algunas escenas en dieciséis milímetros.*

Luego da la orden. Se apaga la luz en el interior de la cámara. Los cristales de ácido prúsico descienden por las columnas. El *Zyklon B* emana por las hendiduras del piso y las paredes.

Entonces la confusión el azoro el terror la búsqueda de aire y los gritos

sobre todo los gritos

la inútil pugna por alejarse de los sitios en que brota el gas venenoso

las mujeres quedaron frente a la pared de mosaicos las envuelve una penumbra grisácea

claman piedad para sus hijos y tratan de cubrirlos

pero el *Zyklon B* ha entrado en los pulmones e impregna cada milímetro de piel

* Las películas, hoy en poder de archivos ingleses, jamás serán exhibidas públicamente.

los más fuertes tratan de escalar a los otros intentan
abrir la puerta para siempre cerrada

abajo yacen las mujeres los niños los viejos

todos se golpean se arañan se magullan

lacerados por una invencible opresión en la garganta

para algunos el tormento se abrevia porque el corazón
deja de funcionar bruscamente

para los otros se dilatará la agonía el encajar las uñas
en una carne contigua las maldiciones o plegarias que
terminan también con un sollozo una última bocana-
da de aire negro

continúa el descenso de los cristales la caída por las
huecas columnas en que el ácido se gasifica

cada dos minutos se enciende la iluminación interior

la luz es verde como los cristales como la ventana desde la cual le fue dado a eme observar el infierno

los ojos de eme la pupila dilatada en los ojos azules
la fijeza con que mira el tormento

hasta que la parálisis pulmonar quiebra la resistencia
y los condenados caen al suelo a morir por asfixia
con una angustia de que las palabras no podrán dar
idea

aunque muchos cadáveres permanecen de pie pues en
la congestión no hay sitio para el desplome

veinticinco minutos después ya no se escuchan alari-
dos silencio terminaron lamentos plegarias maldiciones

el *Zyklon B* es menos veloz de lo que se creyó en un
principio

la muerte de ningún modo es indolora

es infinitamente más cruel que los fusilamientos que
Himmler decidió sustituir por las cámaras

y cuando la inmovilidad de los cuerpos imbricados
señale el absoluto poderío de la muerte

se echarán a andar los extractores disiparán el aire
ponzoñoso y al abrirse la gran puerta de hierro en-
trarán

los hombres del *Sonderkommando*

los prisioneros encargados de limpiar a manguerazos
la sangre la mierda los orines el vómito de los muertos

y romperán el animal de dos espaldas que con manos
y piernas enlazadas forman la mayoría de los cadáveres

con ganchos los llevarán hacia afuera

extraerán orificaciones dentaduras postizas puentes
coronas placas arrancarán el cabello a las mujeres re-
visarán entrañas y genitales en busca de tesoros ocultos

los muertos llegarán al *Krematorium* en montacargas
ascensores carretillas eléctricas vagonetas o correas sin-
fín

caben tres cuerpos en cada retorta

los procesos de incineración se acelerarán

y en cada horno un recipiente guardará la grasa humana derretida

para emplearla más tarde en la fabricación de ja-
bones

y un molino reducirá a cenizas los despojos

y un camión de volteo abonará con ellas los cultivos

o las dispersará en las aguas de un río.

SALÓNICA

—Ya es bastante. Por favor calle o cambie
de tema. Usted, sentado allí en la banca del

94

parque, no tiene derecho a mencionar lo ocurrido en los campos. Sólo puede hablar de ello quien lo vivió, quien lo sobrevivió.

Inmovilidad, pétrea inmovilidad de los rostros.

—O en el caso contrario usted es un nazi que no sabe que es nazi. Mejor guarde silencio. Nada, repito: nada puede expresar lo que fueron los campos. Olvídelo si no quiere despreciarse al saber de lo que usted, yo y todos somos capaces.

Un automóvil cruza la calle abierta entre el parque y la ventana.

—Usted no puede recordar, no puede imaginar.

—Tiene razón, tiene razón; pero la billonésima insistencia nunca estará de sobra jamás. Aunque, sombras de las cosas, ecos de los hechos, las palabras son alusiones, ilusiones, intentos no de expresar sino de sugerir lo que pasó en los campos.

El aire deshabitado atraviesa el parque y se llena de polvo.

TOTENBUCH

Sucios, escuálidos, indistinguibles como hombres o mujeres por virtud de sus cabezas rapadas y su extrema delgadez, reducidos a ser el número que les tatuaron en el brazo, los sobrevivientes condenados a trabajar para el Tercer Reich sufren la degradación metódica que entraña vivir en el inframundo de las barracas: mugre, hedor, piojos, enfermedades, frío, humedad; indecible obligación de soportar cada día más sufrimientos y humillaciones de los que se resisten en el curso completo de una vida.

Mil seres duermen en la barraca, de cuatro a cinco en cada litera, sin almohadas ni colchón, los pies de uno en la cabeza de otro, las pugnas por obtener imposibles milímetros de espacio. A las tres de la madrugada deben presentar lista. La inspección se prolonga cuatro horas a la intemperie. Si hay un mínimo relajamiento de la disciplina todos sufren castigo. Aun los que murieron o se ahorcaron en la noche anterior deben estar presentes, de pie, sostenidos por sus compañeros. Si las enfermedades, la desesperación, el trabajo excesivo no han traído la muerte el hambre se encargará de quienes sobrevivan. Desayunan agua sucia a la que llaman "café", almuerzan una bazofia en que sobrenadan piltrafas —en los días de fiesta una papa— y cenan algunos gramos de salchicha podrida, margarina y pan de castañas revueltas con aserrín: alimentación calculada para mantener a quienes la reciben en un estadio intermedio entre la vida y la muerte. Sin vitaminas, grasas ni albúminas se hallan perpetuamente mareados y amnésicos pero al mismo tiempo nerviosos e irritables; sufren dolor de cabeza y hemorragias nasales. En el campo todos los rasgos de la sociedad se llevan a extremos caricaturescos: mientras los prisioneros pelean por un mendrugo mohoso o una tripa de caballo, los "técnicos" prueban todas las variedades de la alta cocina, surten su mesa de vinos y pastelillos vieneses. Llaman a su dominio inferior el *Arschloch der Welt*. Los médicos instruidos en latín prefieren la forma culta: *Anus Mundi*. (Es un eufemismo llamar "culo del mundo" a un sitio sólo descriptible mediante la única referencia que evoca: la imaginería católica del infierno.)

Todo en los campos pugna por reducir a sus víctimas al último grado de subhumanidad, la condición de muertos que habiten cuerpos vivos. No existe el tiempo en esa noche constante sin edad ni memoria ni porvenir. Los presos escapan al horror de la situación convirtiéndose en zombies de una obediencia mecánica imposible de ser juzgada: para entender el universo concentracionario no sirven las medidas de afuera.

La aspiración de los "técnicos" es automatizar la colonia penitenciaria de modo que su labor se limite a regir sobre un nuevo sistema ejecutado y padecido por robots espectrales que en épocas remotas fueron humanos. Entre las víctimas que no llegan primero a la insensibilidad, luego a la catalepsia, los suicidios se vuelven cada vez más numerosos: se electrocutan en las alambradas o, como se dijo, se ahorcan en las asfixiantes barracas. Otros enloquecen súbitamente en el trabajo y son muertos a golpes por los guardias ucranianos.

Pero una indescifrable voluntad de vivir hizo que bajo la máscara de servidumbre total ardieran la resistencia y la rebeldía.

MANOS: anchas y musculosas. Eminencias tenares e hipotenares muy fuertes. Dedos espatulados. Pulgares con las falanges terminales bulbosas. Uñas sin lunas.

CARACTERÍSTICAS FÍSICAS: frías, secas, duras. Color ligeramente violáceo (puede ser efecto del clima en el momento de efectuar la observación).

DIAGNÓSTICO POR LOS RASGOS DE LAS MANOS: intolerante, desequilibrado, megalómano, inadaptable, muy imaginativo; inteligente pero no fuera de lo común. Obsesiones políticas y místicas (pensamiento mágico). Sin embargo, aguda conciencia de la naturaleza de sus actos.

DIAGNÓSTICO CLÍNICO: a simple vista se diría paranoico por su evidente obsesión persecutoria. Su mente semeja haber perdido desde hace mucho tiempo la capacidad de elucidación entre lo real y lo irreal. Sus características no configuran el cuadro del asesino que llamamos impropiamente "sádico". Nada muestra que fuerzas inconscientes engendraran en él un deseo insaciable de matar. Aunque el diagnóstico debería especificarse por otros medios, no parece que este hombre sea un irresponsable y merezca el asilo y no el patíbulo.

INTERPRETACIÓN DE LOS GESTOS: abruptos, centrífugos, estereotipados. Su inquietud psicomotora revela tensión y ansiedad insoportables. Al repetir gestos como

el de grabar signos extraños (jaulas o rejas muy estilizadas) en el yeso de la pared, muestra el carácter
obsesivo de sus ideas. La brusquedad y el énfasis des-
cubren núcleos profundamente agresivos. La utiliza-
ción de los dedos anular e índice para entreabrir la
persiana —en vez del pulgar como punto de apoyo y
el índice como palanca— corresponde a una voluntad
de ser único, a un muy arraigado sentimiento de poder. La ansiedad visible en el movimiento de los labios indica regresión emocional a la primera infancia,
como si repitiendo un gesto estereotipado pudiera
conjurar el peligro (quizá se trata de una alucinación
visoauditiva) mediante un amparo extralógico que
tal vez cumple en sus fantasías la *imago* paterna o la
imago de un jefe muy poderoso, temido y admirado.

—¿Es correcto el diagnóstico?
—En varios puntos. Otros son discutibles
y aun contradictorios.
—Desde luego. Se aventuran hipótesis.
Nada pretende ser definitivo.

TOTENBUCH

A las pocas semanas de haber llegado al campo los
prisioneros, eme puede estudiar en sus cuerpos incesantemente mordidos por los parásitos toda la patología de la desnutrición: avitaminosis, diarrea persis-
tente, descalcificación, tuberculosis pulmonar, colitis,
gastritis crónica, edemas, forúnculos, sarna, tiña, pulmonía diftérica y sobre todo la peste blanca: el tifus

propagado por billones de piojos que pululan entre el fango y la inmundicia de las barracas.

(En cambio las oficinas de eme son inmaculadas. Reproducciones de Bruegel, discos de Wagner, libros de Goethe y Nietzsche, obras científicas en alemán, ing'és, francés y latín, *Mein Kampf* autografiada por el Führer, *Los protocolos de los sabios de Sión* y —como una curiosidad, obsequio de la hermana que vive en un país de antropoides— una calavera de azúcar con el nombre de eme escrito sobre la frente en una banda de papel color guinda.)

Algunos logran mantenerse a salvo de peores infecciones: casi nadie escapa de la sarna. (Muchos esqueletos vivientes al ser rescatados mostrarán como únicos sectores activos de su organismo las llagas que de tanto rascarse abrieron en un cuerpo ya sin ningún vestigio de grasa o músculos.)

La presencia endémica de la sarna en el universo concentracionario se atribuye a que muchos *SS-Totenkopf,* antes de violar a internas e internos, sodomizan a los perros. En la promiscuidad de las barracas sus víctimas infectan a los demás. Así involuntariamente favorecen el trabajo continuo de los hornos ya que la única medicina proporcionada por el campo es la cámara de gas.

"Un perro vale por dos centinelas", dice Himmler. Los guardias llaman "hombres" a los perros y "perros" a los seres humanos. A fin de vigilar a las partidas de trabajo se recurre a los animales predilectos de Hitler. Los acompañan "técnicos" del Centro Experimental de Adiestramiento Canino en Oranienburgo que suelen azuzarlos contra prisioneros y pri-

100

sioneras nada más por lo que en alemán se llama *Schadenfreude,* el goce de causar sufrimiento. La visión de un cadáver desgarrado por la jauría basta a imponer respeto hacia sus miembros que dan vueltas en torno de los grupos, están enseñados a reconocer a los internos y a medir la distancia máxima a que pueden alejarse. Otros procedimientos destinados a impedir fugas cosechan víctimas lo mismo entre carceleros que entre presos. Por ejemplo las alambradas electrocutantes cubiertas con ramas para disimular la existencia del campo a la aviación aliada, la cual nunca pone entre sus objetivos cámaras ni crematorios a pesar de su amplia información a este respecto y de que un bombardeo capaz de interrumpir así fuere por unas cuantas horas el engranaje del exterminio podría salvar miles de vidas.

SALÓNICA

Por el gesto de oprimirse la sien derecha con los dedos medio y anular de la mano izquierda, se infiere que eme sufre constantes dolores, cefalalgias quizá no erradicables mediante aspirinas, pues demandan el auxilio psiquiátrico que eme se niega a darse. Aunque parezca extraño o monstruoso —palabras tan poco imaginativas cuando a él se refieren— sólo mitiga sus dolencias el olor de ciertos insecticidas cuyo acre aroma, a juicio de expertos, se asemeja al que tuvo el gas de las cámaras.

Los roedores que, prófugos de las demoliciones, llegan constantemente al cuarto de eme, los gusanos que caen de los árboles, las moscas y los mosquitos nacidos en los muladares, no lo dejan en paz. A eme le horroriza pensar en la basura que cubre el sitio antes ocupado por viejas casas. En el alba lo despierta el ruido de la trampa. Se levanta, enciende la luz, alcanza a ver las convulsiones de su enemigo con el esqueleto partido en dos por la ratonera.

TOTENBUCH

Cuando varios trenes llegan al mismo tiempo y no hay lugar en las cámaras, eme utiliza el "dispensario": una cabaña con la bandera de la Cruz Roja. Los condenados esperan su turno para entrar en algo que se diría un consultorio. Uno por uno son llamados a la "sala de operaciones": niños, ancianos, enfermos, inválidos. Ya que no hay en la mente humana un mecanismo que permita aceptar como realidad el exterminio metódico y tecnificado de todo un pueblo, muy tarde se dan cuenta de que tras la puerta se abre una inmensa fosa para la cremación de sus cadáveres. eme liquida a la víctima de un balazo en la nuca y lo arroja al abismo lleno de muertos y agonizantes que, a veces entre aullidos, se consumen.

Las ordenanzas dictan que la alegría presida los trabajos forzados. Los esqueletos humanos se encaminan a la diaria labor temblando de frío y fiebre, custodiados por verdugos y perros. Se les obliga a entonar el himno del campo: "El trabajo es nuestra vida. / La obediencia nuestro pan. / Vamos fieles y animosos / por la senda del deber." Diariamente la jornada abarca doce horas. Cuatro más se dedican a labores de la prisión y otras tantas a la revista cotidiana. Entonces los "técnicos" separan de las filas a quienes den muestras de no poder cumplir eficazmente con su tarea. Los envían al *block* de experimentación y de allí (en caso de salir vivos) a la cámara y al *Krematorium*.

O bien, con un aire de Wagner en los labios,* eme se presentará súbitamente en las barracas de las mujeres para desnudar a las cautivas y obligarlas a que desfilen ante él. Formará en una u otra fila a las internas con un movimiento del pulgar (falanges terminales bulbosas, uñas sin luna) de la mano derecha (musculosa, fría, dura, ancha, seca, color ligeramente violáceo; dedos espatulados, eminencias tenares e hipotenares muy fuertes). Terminada la selección eme decidirá cuál de los dos grupos es elegido para entrar en la cámara de gas.

SALÓNICA

aquel reloj de su infancia en la sala hora tras hora renovaba un instante perpetuaba la ejecución ritual de María Antonieta las tres las seis las doce las figuras

* Paracelso, Bruegel y Wagner fueron desde su adolescencia las grandes admiraciones de eme, aunque sostenidas con menos fervor del consagrado a Hitler, Napoleón, César y Tito Flavio Vespasiano.

cobraban movimiento la reina era tomada de los brazos y conducida hasta la guillotina bajaba la cuchilla los muñecos volvían a su sitio eme se preguntaba si alguna vez el movimiento variaría si la víctima y sus verdugos seguirían cumpliendo esa inerte representación veinticuatro veces al día ocho mil setecientas sesenta veces por año aunque eme se olvidase de darles cuerda

—El reloj ¿tiene importancia ese reloj?
—Sí, me parece que la tiene.
—¿En dónde está el reloj?
—Se perdió entre las ruinas de la casa familiar, destruida por el raid aliado del 7 de octubre de 1944.

TOTENBUCH

Por bosques, praderas, puentes y montañas avanzaba el tren cargado con cuatro mil niños judíos de París. Tras varios días terribles sin agua ni pan en el Velodrome d'Hiver creyeron que los llevaban a un orfanato (sus padres habían sido exterminados de antemano) pero eme, tan compasivo, les ahorró las molestias, peligros, sobresaltos y humillaciones de la vida, encaminándolos bajo su mirada paternal a las cámaras.

Estamos endurecidos —se repetía. —Hemos perseverado en el exterminio por razones patrióticas. Seguimos siendo hombres decentes. Un soldado tiene deberes, no sentimientos. No puede darse el lujo de tener sentimientos. Hay que endurecerse en la crueldad —que es la peor forma de la cobardía. Debemos poner de nuestra parte fervor en el cumplimiento de las órdenes. La conciencia lúbrica del deber cumplido. La voluptuosidad de la eficiencia. Hemos perseverado. Nos endurecemos con cada ser al que matan los gases.

SALÓNICA

...todo tan difícil y las complicaciones ¿son necesarias? ¿Por qué no decir llanamente quién es eme, quién es Alguien, qué busca uno del otro, si algo busca? ¿Con qué objeto trazar esta escritura llena de recovecos y digresiones* en vez de ir directamente al asunto: comienzo y fin de una historia ya mil veces narrada?

TOTENBUCH

eme se divierte obligando a correr durante muchas horas a los presos. Todo aquel incapaz de resistir el inútil desgaste, la carrera en trescientos o cuatrocientos metros cuadrados, recibe infinidad de golpes y, sangrante, apenas vivo, es conducido a la cámara —o bien le dan muerte ante sus compañeros que mientras

---

* inepta desde un punto de vista testimonial y literariamente inválida porque no hay personajes y los que pudiera haber son juzgados por una voz fuera de cuadro, no viven ante nosotros, no son reales.

tanto deben proseguir el ejercicio. Aun en estas condiciones extremas se producen actos de insumisión. No puede describirse el asombro de los verdugos cuando las víctimas se alzan contra ellos, abandonan la catalepsia o la condición de zombies para vengarse con sus propias armas de los capataces y "técnicos" del campo.*

SALÓNICA

Durante veinte años eme ha purgado la pena de prisión que voluntaria o resignadamente o por cobardía se impuso. Usted no sabe lo que significa que un individuo toque el timbre para ofrecer macetas o detergentes o entre a revisar el medidor del agua o de la luz. Usted no sabe qué palpitaciones al escuchar la campanilla del teléfono (antes que decidiera suprimirlo). No se imagina lo que es sentirse enfermo cuando falta un pedazo de bóveda craneana y no poder llamar a un médico. Usted

—Vamos al diablo: no lo compadezca.

TOTENBUCH

Otra diversión de eme: despachar trenes repletos de

---

* Los archivos nazis rescatados de la destrucción impuesta por Himmler no mencionan levantamientos en campos de exterminio ni hablan de SS muertos por los prisioneros.

prisioneros a fin de que crean ir libres de vuelta a casa y, pasadas ocho horas de viaje a oscuras, detener el convoy en el andén del mismo campo, bajar a las víctimas de su humorada, conducirlas a empellones de matadero hasta las cámaras.

Porque a la rabiosa solemnidad de Hitler, eme opone el culto por la burla, el desdén por lo establecido (la muerte en primer término), y no se mordió los labios antes de fijar bajo los ganchos para la ropa en la antecámara del exterminio un letrero: *Anote el número de su percha para evitar confusiones cuando recoja sus prendas al salir del baño.*

También se deleita en someter a los cautivos al tormento de Sísifo: vaciar las aguas de una zanja (alimentada por un manantial) o conducir piedras de un sitio a otro para una vez terminada la transportación recomenzarla en sentido inverso. Su único objeto —como el de toda actividad en los campos excepto aquellas productivas para el Tercer Reich— es aplastar cualquier asomo de resistencia en los prisioneros y dejarlos en aptitud de ser promovidos del campo de trabajos forzados a los lugares de exterminio. Si alguien desfallece en la extenuante inutilidad de estas ocupaciones se le dan ánimos con látigos y garrotes. En caso de protesta el cuerpo del (o la) rebelde será deshecho a puntapiés. A menudo basta un gesto de inconformidad o un brillo hostil en los ojos del preso para que eme lo haga enterrar en vida.

Ahora Alguien experimenta la incómoda sensación tradicionalmente comparada al nudo, en realidad más próxima al ascenso de un líquido sin nombre, un fluir o escozor, un rebalse de la amargura acumulada en toda su vida —si aún tiene vida, si Alguien no es un espectro a quien el narrador en su patología ha disfrazado de espantapájaros o de ninguno.

¿Amargura de qué, amargura por qué? No ciertamente por el buen éxito o el fracaso de su tarea en el parque. Amargura profunda. ¿Cómo decirlo?: ancestral y premonitoria. Horrible sensación de que ese derrumbe de cuanto edificaron los humanos —derrumbe en que eme participó como una pieza más del engranaje— no es un episodio aislado que no ocurrió antes ni se repetirá. Temor de que haya sido sólo una parte, la más atroz pero sólo una parte, de un desastre generalizado, un naufragio sin término que abarca a todos en la dificultad de abrir los ojos, estar vivos, entorpecer el caos, contemplarlo un instante y hundirse nuevamente en la nada, en esa nada a la que interrumpió un misterioso desperfecto en la maquinaria.

Nadie tiene derecho a censurar lo más humano que hay en Alguien: la desesperación de haber caído sin culpa en todas las regiones del infierno —la esperanza se incluye— desde el momento en que llegó a los campos hasta el segundo cuando acecha a eme; de la época en que fue torturado y vio morir a los suyos, a la tarde que lo encuentra sentado en la banca de un parque con olor a vinagre, bajo un chopo ahíto de inscripciones, a unos catorce o quince metros del pozo.

Se alegará, y no es de extrañarse, que Alguien es un hombre sin convicciones, ayuno de la fe o ideología a que solemos aferrarnos durante la baraúnda del naufragio. Pero quién puede exigir de Alguien aquella fuerza que minuciosamente le arrancaron para que de inmediato ocupase el lugar un deseo de venganza ante el cual todos los consuelos de la historia o de la metafísica se anulan,

y Alguien vuelve a estar a la intemperie del mundo como en la noche cuaternaria; desnudo, ignorante de que un nuevo día espera tras las tinieblas; tan sólo ávido de hundir el cuchillo de pedernal en el corazón del sacrificador.

Amanecer a la intemperie, horrible sensación, oleada de amargura en la boca. *Un día los muertos saldrán de bajo la tierra y expulsarán del mundo a muchos vivientes.*

TOTENBUCH

Nada frenaba el avance de los ejércitos enemigos cuando eme recibió el telegrama de Himmler (14 de abril de 1945) : *No hay alternativa de rendición. Es preciso evacuar inmediatamente el campo. Ni un solo preso debe caer vivo en manos de los soviéticos.*

La gran ofensiva aniquiló la defensa alemana antes de lo previsto: la orden del Reichsführer de las SS no pudo cumplirse aunque cámaras y crematorios trabajaron al doble de su capacidad. Ni siquiera hubo tiempo de borrar los vestigios de lo ocurrido en el campo. Aún sin comprender a fondo la enormidad de su derrota, eme ordenó la evacuación.

(Dos columnas se despedirán en la alambrada que divide a los hombres de las mujeres. Se dirán adiós entre toneladas de papeles en llamas porque los SS intentan destruir los archivos de la tecnología puesta al servicio del genocidio. Aunque piensen que no volverán a verse jamás los sobrevivientes del holocausto harán citas para encontrarse en lugares que fueron arrasados y ellos lo ignoran. De cinco en fondo cada hilera la multitud se pondrá en marcha. Quien se rezague será muerto al instante.)

Inmensas filas de cadáveres avanzaban dolorosamente por las tierras nevadas. Dejaban tras sí a los caídos por debilidad extrema o muertos a tiros por los oficiales que dirigían aquellas columnas sin saber exactamente adónde iban ni de qué escapaban. Pronto el desastre se generalizó. Los nazis huyeron sin pensar más que en salvarse. Abandonaron en vías secundarias trenes atestados de seres ya incapaces de movimiento que murieron de asfixia, inanición o pulmonía en el interior de los carros-caja. No obstante, muchos prisioneros alcanzaron la libertad al detenerse los camiones en que eran transportados. Continuaron su camino por las carreteras atascadas de vehículos que marchaban defensa con defensa; nadie intentó perseguirlos porque ya ningún SS sabía en realidad qué estaba pasando.

Fracasado el intento de poner orden en el caos y seguir adelante, eme ocultó a su mujer y a sus hijos en una aldea de las montañas; luego se internó a pie en los bosques con uniforme y documentos de soldado raso. Por boca de otros desertores se enteró de que el Führer había muerto y Alemania acababa de rendirse. eme ya no tenía razón alguna para seguir viviendo. Poco después fue capturado por la Resistencia. Alguien debe de haberlo reconocido pues lo fusilaron y recibió el tiro de gracia —como lo testimonia la incrustación metálica en el parietal izquierdo. Miembros de la Cruz Roja lo encontraron agonizante y lo condujeron a un hospital de emergencia donde permaneció mucho tiempo. Luego, ignorantes de su identidad, lo dejaron libre.

SALÓNICA

Curiosa perspectiva, es un milagro que ningún alto edificio impida la visión en ángulo recto de la cordillera, visible en horas (pocas horas) de gran luminosidad y por lo general velada, cubierta de otro sistema orográfico de polvo, nubes, niebla (que es también una nube) y desperdicios.

Pero eme, fervoroso lector de Paracelso, odia el canto crepuscular de los pájaros en las frondas amarillas del parque, como odia el brillo inesperado —inesperado porque aún no oscurece— de las constelaciones en el cielo. *Pues las cosas que anuncian las aves las presagian también los astros, ya que existe el espíritu del sueño que es el cuerpo invisible de la naturaleza, y todo lo que está en la luz de la naturaleza es obra del astro.* Tal vez eme heredó de la alquimia el arte de transfigurarse. Por eso no sabemos quién es eme —dueño del poder demoniaco de las transformaciones, *eme trismegistos, eme mutabilis, cervus fugitivus.*

TOTENBUCH

FISCAL.—¿Qué ocurrió tras el fusilamiento de los rehenes?

EME.—Por órdenes directas del Reichsführer de las SS terminó mi gestión en el *Verfügungstruppe* y pasé al *Totenkopfverbände* a fin de encargarme de la deportación de los judíos griegos concentrados en Salónica.

FISCAL.—¿En qué fecha sucedió todo esto?

EME.—En febrero de 1943.

FISCAL.—Los concentrados en Salónica ¿eran su totalidad judíos de Grecia?

EME.—Bueno, como siempre, había también algunos eclesiásticos y varios comunistas.

FISCAL.—¿Y guerrilleros?

EME.—Guerrilleros no. Mi sistema consistía en aniquilar a todos los miembros de la Resistencia en el momento mismo de su captura.

FISCAL.—¿Por cuáles medios?

EME.—Generalmente los fusilaba, pero si habían dado muerte a algún oficial nuestro yo ordenaba que antes de ejecutarlos se torturara a los guerrilleros.

FISCAL.—Muchas veces usted aplicó personalmente los tormentos.

(eme alza los ojos y encuentra la mirada de los testigos.)

112

EME.—Sí... tiene razón... personalmente.

FISCAL.—Volveremos sobre este punto. Díganos ahora qué procedimiento siguió usted para la deportación de los concentrados en Salónica. Nombre asimismo su destino final.

EME.—Diariamente, a partir de febrero, enviaba yo un tren con dos mil o dos mil quinientos infelices a bordo. A mediados de abril todo había concluido en Salónica y ya no quedaban judíos en la Grecia continental ni en las islas griegas.

FISCAL.—¿Y entonces?

EME.—Entonces, como recompensa a mi eficacia, me hicieron comandante del campo y me trasladé a Polonia en el último convoy... *(Pausa, eme se levanta un poco del asiento, mira en torno suyo y sonríe)*... en un vagón aparte, por supuesto.

SALÓNICA

Normas de eme: jamás abandonarse al encierro, estar siempre en disponibilidad. Baño matinal, ropa limpia, afeitada de impecable lisura, constante información de cuanto ocurre en el mundo. eme no duda de que sus servicios volverán a ser utilizados. Es más: se esfuerza por prestarlos de nuevo. Se niega a aceptar que pasó el tiempo y el eme de hoy ya no es el *junker* de 1917, varias veces condecorado por el Káiser, ni el fanático omnipotente de 1939, sino un anciano lleno de rencores y al parecer también de temores. El cuerpo envejece pero la mente sigue como antes, acaso más empecinada gracias a la derrota y el deseo de ven-

113

ganza. Largos años de encierro y angustia porque el
Cuarto Reich aún no incendia a Europa y las ocas
salvajes vuelan en la noche, pero aún no son bastan-
tes, carecen del vigor de su bella época.

TOTENBUCH

El frío cortaba. Pegados unos a otros, sin hablarse,
temblaron media hora en la parte trasera del camión.
Aunque todos participaban en la Resistencia sólo tres
de ellos se conocían. Los seis restantes eran enlaces y
el décimo un homeópata que fue sorprendido escu-
chando la BBC al producirse una inesperada altera-
ción en el volumen de la radio. Por la ventanilla sólo
se veía cruzar la niebla. Uno de ellos reconoció al
tacto el filo de la puerta y advirtió que no tenía goznes
ni manijas: la cerradura estaba por fuera. El camión
se detuvo. La cabina se iluminó. El rostro de eme
apareció fugazmente en el cuadrado del cristal que
daba al asiento del conductor. Sabían lo que les esperaba: cavar sus tumbas, recibir la metralla. La oscuridad de nuevo. Una pausa. Un rumor conocido: la vibración del viento en los campos de escarcha. Pasaron
dos minutos. Nadie acudió a abrir la puerta. Los prisioneros trataron de mirarse en la débil claridad surgida cuando los ojos se acostumbraron a las tinieblas.
Hasta que finalmente se estremecieron sacudidos por
la fuerza de otro vehículo que impulsaba al camión
hacia la orilla del acantilado. eme dirigía el espectáculo a unos metros de allí. Sonrió al pensar que la
cabina no iba a anegarse fácilmente y por lo menos

114

tardarían media hora en asfixiarse.

Las ocas salvajes vuelan en la noche. ¿En cuántas noches de cuántas ciudades resuena el coro de quienes aguardan que el profeta despierte, salga del Valhala y encabece la nueva cruzada? Camisas pardas, negros pantalones, la cruz gamada siempre. Cohortes, falanges que sueñan con extender sobre la Tierra el imperio del fuego, pugnan por el renacimiento del orden ario, anhelan que los judíos, los comunistas, sus aliados y sus defensores mueran en las cámaras y los otros pueblos queden como bestias de carga y de labor al servicio del Cuarto Reich invencible.

Los ejércitos fueron quebrantados. Los nibelungos no, porque los nibelungos son los muertos y predican la muerte. Y predican ahora a la *National Jugend Deutsche, Schiller Jugend, Viking Jugend, Bismarck Jugend* —los relevos— y los sobrevivientes: *Stalhem, Kylhauser*. Los nuevos batallones de castigo traman en el delirio la venganza. Conquistan adeptos entre quienes temen al comunismo, odian a los negros y a los esclavos que dejan de serlo para tomar las armas y deshacer los antiguos y los nuevos imperios.

Vuelan en la noche las ocas salvajes. Amanece la suástica en el muro de la sinagoga, en las tumbas del cementerio judío o inscrita a navaja en la piel de una muchacha. Los nibelungos son los muertos. El tesoro es la muerte.

Y en la profunda noche rumor de alas de Stukas,

115

vibración de mil Panzers sobre las ruinas del gueto, los nibelungos, las ocas salvajes, el júbilo de la destrucción total, el gozo fiero del verdugo fiero, estimulado por sus conocimientos, sus referencias históricas, su certeza de ganar un nicho para ser escupido y alabado, de vencer a la muerte convocándola, multiplicándola, perfeccionándola.

Pero los tanques, los bombarderos, los cazas, los obuses, el fin del gueto contemplado desde la plaza Pilsudski, la destrucción de Jerusalén observada desde la torre Antonia, y los cadáveres, cuántos millones de cadáveres, las ciudades engullidas por el hongo atómico, las aldeas arrasadas, los leprosarios, el napalm, la tortura, la cremación, el silencio de Dios, el silencio de Dios bajo el espeso olor a vinagre, la pregunta acerca de si eme sólo fue una pieza más en el mecanismo infinito de un naufragio que se gestó durante siglos y cuyas consecuencias prevalecerán hasta el fin de los tiempos.

—No filosofe, no poetice. Díganos de una vez por todas quién es eme, qué pasará con eme, quién es usted, qué está haciendo en el parque...

—Bien, es hora de continuar, el momento se acerca, entonces:

TOTENBUCH

[*Vier*] eme es un oficial de la *Geheime Staatpolizei*, es decir la Gestapo. ¿En dónde? En Rotterdam, París,

Bucarest, Bruselas, Praga, Viena, en alguna de estas ciudades. Ser aprehendido por la Gestapo era el prólogo de los campos o de otras formas no menos infalibles de muerte. Al arrestarte eras golpeado y te seguían golpeando hasta llevarte al próximo peldaño: la tortura "científica". Te brutalizaban no tanto para arrancarte información como para someterte y doblegar a todos mediante un terror que desalentase cualquier resistencia en la Europa ocupada por los nazis.

Los métodos de la Gestapo incluían: flagelación o garrotazos, golpes y patadas hasta reventar los riñones, inmersión de cabeza en depósitos de aguas fecales, trasmisión de corriente por electrodos fijados en el sexo y el ano, exploración vaginal o anal por instrumentos de hierro al rojo vivo, maceración testicular en una prensa construida exprofeso, izamiento por ganchos y poleas —prácticas de subibaja que desembocaban en la inutilización de los brazos—, soldadura autógena aplicada directamente a la piel.

El esquema admitía variantes, adiciones y reformas, entre otras: incrustación de fósforos encendidos en las uñas de pies y manos, recurso previo a su arrancamiento paulatino; incendio del cuerpo rociado con líquidos inflamables, pulverización de tobillos y antebrazos por sistemas rotatorios de púas; representaciones teatrales: atormentar a una mujer, invisible para el interrogado, a quien se informó que se trataba de su madre, su hermana, su amante, su esposa, su hija.

Consta en folios legales y en la memoria de las víctimas que estos fueron procedimientos de rutina continuados día tras día según instrucciones gozosamen-

117

te puestas en práctica. Excepto los colaboracionistas, todos los habitantes de los países conquistados eran sospechosos de inconformidad ante la maquinaria del terror, enemigos reales o potenciales que atentaban contra el orden hitleriano.

Cuando alguien no sabía nada ni era capaz de informar nada o había resistido sin abrir los labios, los inquisidores terminaban la función en la misma sala de torturas para ahorrarse el trámite burocrático de enviar al moribundo hasta la sección de fusilamientos o de asesinatos imputables a otras víctimas con las cuales se llenaría mañana el edificio de la Gestapo. Los verdugos jamás quedaban ociosos: los torturados atraían otros torturados hasta la piedra de sacrificios metódicos. *Por cada alemán muerto fusilaremos cien rehenes.* De mil personas llevadas a la Gestapo menos de cincuenta regresaban con vida. Y eso si disfrutaban de influencia y dinero o tenían hijas y mujeres hermosas, dóciles al violento arte de amar de eme.

El sobreviviente que no era remitido a los campos amanecía en las plazas de la ciudad: un balazo en la nuca, huellas evidentes de tortura. Por supuesto se culpaba del tormento y asesinato a los judíos para que los nacionales mitigaran su compasión o redoblasen su odio. Antes de las deportaciones en gran escala, delincuentes pagados por eme ejecutaban pogromos. Quien se oponía a la devastación de su tienda o su casa pasaba inmediatamente a manos de la Gestapo.

¿Qué puede verse en las paredes?

Manchas de humedad, grietas, salitre, una reproducción de *La torre de Babel* de Pieter Bruegel, lámina corriente desprendida de una revista y que empieza a amarillear pues, cuando están abiertas las persianas, el sol baña el muro entre once de la mañana y dos de la tarde.

¿Por qué está allí La torre de Babel?

Difícilmente pueden atribuirse a eme conocimientos plásticos o afición por la pintura. Debe reconocerse sin embargo que esta obra ha ejercido en él una extraña fascinación desde que la encontró en una caja de chocolates suizos obsequiada a una de sus amantes en Düsseldorf.

Bien, pero ¿qué función desempeña en su refugio?

Tal vez sea una forma inconsciente de recordar los campos. En ellos se hablaron todas las lenguas y sus habitantes mayoritarios fueron a su vez esparcidos sobre la Tierra. O es quizá una metáfora para significar que el Tercer Reich pretendió erigir en todo el planeta la torre de un imperio milenario, como aquellos sobrevivientes del Diluvio llegados a la vega de Shinar. Pero en vez de ladrillo a cambio de piedra y betún en lugar de mezcla emplearon la sangre y el terror.

No, la mente de eme no tiene capacidad de asociación metafórica.

Así en el cuadro como fuera del cuadro prevalece la irrealidad. Ignoramos lo que Bruegel quiso representar —nada bueno: es lo único seguro. La transpa-

119

rencia de la materia, la luminosidad de la composición parecen abrirse sobre un desastre inminente. La torre puede ser un desaforado mausoleo, una tumba para el rey (¿Nemrod, Nabucodonosor, Baltasar, Carlos Quinto, Adolf Hitler?) que en el extremo inferior izquierdo de la tela se acerca a vigilar con pesadumbre los avances de la edificación.

Es posible.

La torre del pozo o el pozo en forma de torre evoca lejanamente la imagen pintada con el genio irrepetible que tuvo Bruegel para la minucia.

Una casualidad, ilusión de óptica.

En la espiral de la torre babilónica, en el ziggurat que anacrónicamente descansa sobre arcos romanos, en la incierta impresión —voluntaria sin duda para el artista— de que laboriosamente se construye una ruina para ser ruina y su propia locura condena tanta ambición a la derrota y el fracaso ¿no hay una reminiscencia, aunque sea vaga, del aspecto que presentaba el Reichstag el 30 de abril de 1945 cuando los soviéticos ondearon sobre él su bandera?

Se parece a las ruinas del Reichstag pero también al cadáver del Coliseo romano. Es una aparatosa advertencia sobre la imposibilidad del imperio, un túmulo sepulcral para todos los tiranos del mundo. Resultado inconcluso del esfuerzo de varias generaciones, empleó todas las experiencias anteriores, se hizo con el trabajo esclavo y se alzó para no perdurar.

Con todo, no hay que olvidarse de otro aspecto: muchos cuadros de Bruegel son pintura política: testimonios, protestas contra la Inquisición en Flandes. O bien, la obra puede hallarse donde se encuentra

120

porque en ella, a semejanza de lo que ocurre en la vida de eme, está paralizada una inminencia. Las seiscientas u ochocientas figuras pueden permanecer para siempre fijas e inertes en su inmovilidad —o pueden echarse a andar en cualquier momento.

Además en *La torre de Babel* no hay personajes: hay siluetas. Hay una multitud de siluetas bajo la ominosa placidez otoñal constelada de augurios del desastre. En esos planos que descansan uno sobre otro sin oponerse ni contradecirse jamás, en esa muchedumbre sin edad ni rostro que parece habitar una aldea de la costa flamenca imposiblemente levantada junto a Babel —como si alguna de las dos no existiera— se desliza un comentario mudo pero evidente sobre la inutilidad de las fatigas y ambiciones humanas.

No: Bruegel creyó copiar una realidad sobrenatural.

Aún no hemos mencionado cierto problema: ¿desde los ojos de quién mira el pintor el paisaje del cuadro? ¿Con qué derecho se atreve a pintar algo que jamás observó? O dicho en otros términos, trasladado a otro campo: ¿quién contempla *La torre de Babel?* ¿Quién nos cuenta la historia del acoso de eme?

TOTENBUCH

Años atrás, en Leipzig, una mujer leyó las líneas de su mano y mirando a sus ojos sentenció: —Morirás lejos.

121

Alguien, por un instante, deja el periódico en la superficie libre de la banca, se lleva un cigarro a los labios y se inclina ligeramente para sacar del bolsillo posterior del pantalón una cajita verde. Enciende el cigarro, lo deja entre los dedos de su mano izquierda y antes de tirar el recipiente vacío examina sus letras: *Cerillos Talismán   Acuario   Calidad imperial.* Al dorso letras góticas dentro de un dibujo que imita un pergamino pretenden ser un horóscopo y son una regla moral para quienes como eme, llegaron al mundo entre el 21 de enero y el 19 de febrero: *La felicidad compartida es un placer. Haz la prueba procurando felicidad a quienes son menos afortunados.* Alguien no se interesa por las letras que se alinean verticales contiguas a la superficie cuya fricción produce el encendido. Aunque el hombre fuma por vez primera ante sus ojos, eme anhela que Alguien se levante y vaya a la tienda cercana a comprar cigarros y fósforos, instante que eme aprovecharía, como otras veces, para huir de la persecución silenciosa y la amenaza nunca declarada.

—Veintiuno, veintidós años de esperar no son gratos. Han estado llenos de miedo y pequeños castigos.

—No, jamás se formuló ninguna advertencia. Se esperaba el momento, este momento. eme no sabe que desde que llegó lo hemos cercado. Y ahora continúe, es necesario terminar.

[*Fünf*] eme capitaneó la escuadrilla de la Luftwaffe especializada en arrasar poblaciones enteras —y con sus habitantes.

[*Sechs*] Es el sobreviviente, el Führer Adolf Hitler.

—*Unmöglich!*

[*Sieben*] Pero es, sea como fuere, un criminal: un criminal de guerra nazi.

—*Ist augenscheilich.*

[*Acht*] El comandante de los Schutztaffel en Rumanía.

[*Neun*] El escriba de Hitler, el redactor de sus libros, textos, cartas, comunicados, discursos, folletos que cumplieron insidiosamente su cometido.

[*Zeun*] El destructor del gueto de Varsovia.

—*Keineswags!*

[*Elf*] eme es un soldado alemán ciertamente; pero jamás dio muerte a nadie fuera del campo de batalla, no se manchó con actos criminales. Nada tuvo que ver con las SS ni con la Gestapo. No fue un verdugo sino en cierto modo una víctima de la maquinaria del terror.

—No, el nazismo es el mal absoluto: nadie puede ser nazi e inocente.

[*Zwölf*] eme sí dirigió un campo de exterminio pero en el motín que siguió a la liberación, Alguien y otros internos lo arrojaron vivo a un horno crematorio.

—No, eme es *Eins* o *Zwei,* a mi juicio. Podría ser *Fünf* pero no *Sechs.* Aquel rostro no es el de un hombre que va a cumplir

123

ochenta años.

—O en realidad es *Zeun*.

—Hay que probarlo.

—Es *Zeun* y el glorioso primero de septiembre de 1939 fue el primer oficial de alta graduación que cruzó la frontera polaca. En el verano de 1940 lo encontramos —nuevos galones— en las montañas griegas o a las puertas de Atenas o tal vez (una suposición) en Salónica...

FRAGMENTO DEL ALEGATO DE EME [TEXTO ENCONTRADO POR LA POLICÍA MILITAR NORTEAMERICANA]

... condenará. Porque después de todas las guerras los vencedores dictan, imponen y definen su justicia. Seré exhibido a los ojos del mundo como un verdugo, un criminal y [*palabra ilegible en el manuscrito*] que actuó por voluntad propia y llevado de un impulso homicida, de odio ciego hacia la raza judía [*aquí faltan dos líneas*] ... rando si mi país tenía o no razón después de las humillaciones y atracos a que fue sometido por las potencias enemigas a raíz de nuestra derrota en 1918. Recibí órdenes. Mi deber de [*Palabra ilegible: ¿soldado?*] y alemán era obedecerlas. Si resultaba o no necesaria la eliminación de los judíos y los bandidos que amparados en la oscuridad diezmaban las fuerzas de ocupación nacionalsocialistas, me parecía un tema sobre el cual [*tres palabras ilegibles*] amenazado por todas sus fronteras, víctima de un brutal

y constante bombardeo aéreo, y sosteniendo una he-
roica defensa de los territorios que con el valor y la
inteligencia de sus hombres había conquistado por
necesidades de espacio vital (*Lebensraum*) ; era un
tema, repito, sobre el que no podía permitirme
un juicio propio. Me faltaban los datos indispensables y sobre todo en nuestras mentes no podía existir vacilación ninguna en torno de la legali-
dad de las órdenes dictadas por autoridades a las que
juramos absoluta obediencia y [*más palabras ilegibles:*
"¿dada la índole de?"] mi trabajo, se comprende que
no hubiera podido juzgar imparcialmente los hechos.
Aunque ello es bien sabido, señores, debo agregar que
en caso de desobediencia me hubiera condenado a
muerte una corte marcial. Siendo así...

(El resto del borrador fue incinerado en el cuarto
de un hotel de Ginebra, donde eme pudo eludir de-
finitivamente el acoso. Sin embargo La Gazette de
Lausana afirmó que el cadáver putrefacto de eme fue
encontrado en la orilla noreste del lago Leman el
sábado 13 de septiembre de 1947.)

SALÓNICA

Rítmicamente se agitan las frondas. ¿Rítmicamente?
No: a intervalos irregulares. Agitación. Quietud. Agitación. Quietud. Quietud. De nuevo agitación. En algún lado el vino fermenta. Olor ácido en el aire,
en las ramas. Hojas amarillas cuando aún no
es otoño. Quizá el poder astringente del vinagre ino-
culado en raíces y savia por ósmosis o un proceso

125

semejante ha dado esa coloración, engendra una metamorfosis no advertida. Hojas mutantes, savia áspera. Amarillean sus nervaduras, sus células. Olor a vinagre durante años. Durante años esperar hasta hacerse visible. ¿Y el pozo? El pozo también. También la torre es amarilla. Efecto de la cal. Nadie lo hubiera sospechado. El lugar se diría pacífico y hasta, en su extrema aridez, agradable. Agradable para esconderse, para rehuir durante años el acecho, el castigo. Comodidad de haber muerto o haberse retirado temporalmente de la historia. Lejos de todo. Semejante a aquellas larvas de mosca que tejen su refugio bajo el agua o a los gusanos que romperán la crisálida. Muerte Transfiguración Leyenda. Dormir todo un invierno que ha durado veinte años mientras el propio cuerpo secreta materias viscosas, fabrica alas, colores, nuevas habilidades. Yacer oruga en un parque con olor a vinagre y salir —cuando los hilos se retiren, cuando la nueva edad de fuego cubra al mundo— convertido en alguna mariposa de las que ornaban allá por 1907 ó 1908 en Francfort, Munich o Düsseldorf, el álbum de zoología, los cuentos de la infancia ya tan remota de eme: *Vanesa atalanta, Aquerontia atropos, Fidonia defoliaria*. O mejor ser leyenda, leyenda del que regresará y entretanto habita un risco de las mitologías nórdicas, una isla en el mar de los Sargazos, una montaña entre la niebla, un fiordo, una cañada en que se estrecha el Danubio, un sitio de honor al menos, al menos entre los servidores del Valhala.

¿El Valhala? No. Se acabó. Terminó. 29 ó 30 de abril. 1945. eme estuvo allí. eme vio al fuego consu-

mir el Valhala. "El fuego y el hielo nos derrotaron",
dijo el dios. Y eme vio al superhombre convertido,
igual que todas sus víctimas, en ceniza. Ceniza y lo
que es peor: una mancha de grasa. Los elementos res-
tituidos a la transformación.

GÖTTERDÄMMERUNG

En una fecha que aproximadamente puede situarse entre el martes 24 de julio y el domingo 5 de agosto de 1888, los elementos comenzaron a aglutinarse en progresión por virtud del encuentro nocturno, ocio dominical, de un modesto y sobornable aduanero: Alois, servidor de los Habsburgo en Austria alemana: Braunau-am-Inn frente a Baviera, y Klara Pölz, su mujer. Un óvulo penetrado por un espermatozoide formó un cigoto que cavó un reducto en la pared uterina. Y el sábado 20 de abril de 1889 nació un niño como todos: dolorido, tumefacto, semiasfixiado. Si otro espermatozoide entre los millones emitidos aquella noche de verano en Braunau-am-Inn hubiera hecho una elección distinta entre los millones de óvulos a su alcance, quizá estas palabras no existirían ni la espera ni el cerco ni el acecho. Se dijo que aquel frenesí de las células no fue puesto maritalmente en marcha sino es producto de la ilegal intervención de un *incertus*. Si aquel día (*circa* 25 de julio pues el 88 fue bisiesto) no hubiera...

—Divagación. No continúe. Olvide tantas imbecilidades. Adolf Hitler por sí solo no explica el nazismo. Usted ignora la historia, la economía, el apoyo del capital financiero, el alineamiento de la pequeña burguesía, la inflación, el miedo al comunismo y tantas otras cosas. Mejor díganos en qué basa su creencia de que eme es el destructor del gueto de Varsovia...

—Inútil. Lo que intenta probar es falso. Jürgen Stroop, SS *Brigadeführer,* está muerto. Dos veces muerto si se quiere. La primera en Dachau por el asesinato de rehenes en Grecia. La segunda en las ruinas del gueto de Varsovia el 8 de septiembre de 1951. Jürgen Stroop está bien muerto. Cualquier libro lo dice. Hay fotos. Lo colgaron. El general Stroop ha muerto. ¿O no ha muerto?

—No: está allí tras la ventana, acechando.

—¿Por qué?

—Porque los nazis no podían perder tan valioso elemento de reconquista, su prestigio de segundo Tito, destructor de la segunda Jerusalén. Persuadieron a un oficial de baja graduación para que en nombre del deber y de la causa se hiciera pasar por Stroop cuando estaban a punto de aprehenderlo. El impostor se forjó la ilusión de que a última hora sería salvado. Como usted sabe, la red poshitleriana quedó perfectamente establecida desde que terminó la guerra y es cada día más fuerte, cada día.

La primera vez todo resultó bien. El falso Stroop se libró de la horca y fue extraditado para que lo juzgaran en Polonia —mientras el verdadero, nostalgia acaso de la tibia seguridad uterina, se refugiaba al otro lado del mar en casa de su hermana, pasaba el tiempo torturando gusanos (hay filmaciones). Hombre que lleva el oficio de verdugo en la sangre, con esta metáfora probaba el desprecio que siente hacia todos, sin excluir a los arios de la camarilla que hoy lucha sordamente por el poder. Cada uno de ellos anhe!a convertirse en el nuevo Führer e instaurar, el momento es propicio, el Cuarto Reich.

—Su historia es inverosímil.

—Como todas las demás. Igual que toda historia codificada o no a la que sólo damos crédito por pereza... Un momento: aún no he terminado: por supuesto, y a pesar de la experiencia, la contrafigura de Stroop creía en la infabilidad de los suyos. Aun con la soga al cuello esperaba que llegarían a salvarlo. Si observa con aumento las fotografías verá cuán revelador es el gesto. Además ni siquiera se molestaron en buscar un doble. Debimos haber sido más desconfiados.

SALÓNICA

En la semiterraza de losetas rectangulares caen las hojas de los pinos, los gusanos a veces. El olor a vinagre toca los cuatro extremos del parque. La torre ha

130

dejado de proyectar su sombra. Las alternaciones de
quietud y agitación en las frondas más altas disminu-
yen. No hay viento, se diría. Sólo un airecillo cargado de polvo y desechos industriales que se impregna
de olor a vinagre cuando la antepenumbra comienza
a cercar el árido parque. Hay, como puede escuchar-
se, rumor de pájaros en las ramas del chopo: gorriones y un cardenal que escapó de su jaula. Una rata
emerge del subsuelo y mira con temor hacia todas
partes.

Acetobacterias oxidan alcohol etilítico. Mal vino se
convierte en débil solución de ácido acético (puede
irritar los ojos y la piel). A fuerza de costumbre el
olor acre parece estimular a Alguien que está sentado
con "El aviso oportuno" entre las manos.

Pero ¿cómo saber exactamente quién es eme, qué
le reserva el porvenir más inmediato? Podría recurrirse, la antigüedad los consagró, a los métodos clásicos:
líneas trazadas en la tierra, vuelo de las aves (o canto), color o forma de las llamas, estrellas y otros
cuerpos celestes, tempestades, entrañas de animales,
huesos, cera derretida en agua, movimiento o dirección del aire;

o el nombre, el solo nombre: eme entre otras cosas
puede ser: mal, muerte, *mauet, meurtrier, macabre,*
malediction, menace, mis à mort, mischung, mancher-
lei, meuchelrond, maskenazung, märchen, messer-
held, minaccia, miragio, macello, massacro;

eme, la letra que cada uno lleva impresa en las
manos;

eme, como Melmoth, el hombre errante;

eme, porque así (M) llama Paracelso al principio

131

que conserva y calienta el aire y sin el cual se disolvería la atmósfera y perecerían los astros. Sus comentaristas creen ver en esta letra el símbolo de Mercurio, el jeroglífico maternal, la llave de la Cábala o la primera letra de la Mumia, gran principio de conservación y perduración del universo;

eme, para recordar a Fritz Lang y a una película que usted, él y yo vimos en la Alemania de 1932: *M, el vampiro de Düsseldorf*, retrato de un criminal que muy pronto, con el ascenso de Hitler al poder, de monstruo se convertiría en paradigma. Además, no lo olvide, eme pasó sus años de juventud en Düsseldorf;

eme, porque cuanto aquí se narra sucede en algunos minutos de un miércoles —*Dies Mercurii*—: el día consagrado a Mercurio o Hermes que en la baja Edad Media se confundió con Woden (Wodin u Odín) a quien se rememora en cada *Wodensday (Wednesday)*. Todo parece originarse en un error de Tácito: al escribir sobre *Las costumbres de los germanos* se empeñó en identificar los mitos de aquellos pueblos con los dioses de Grecia y Roma;

o bien

eme es un nombre iniciático; es decir, personal y genérico: el nombre de un individuo y también de una casta;

o si usted desdeña la interpretación del nombre podemos recurrir a la necromancia. La necromancia es preferible, mil veces preferible: hay seis millones de muertos interrogables y ciertamente muy enterados de quién puede ser eme.

WIR KAPITULIEREN NIE. Sus cuerpos, los otros cuerpos, los tres cuerpos: Adolf, Eva, el perro Blondi, ardieron en el jardín bajo las bombas. El funeral vikingo. El perro que los guiará en el reino de los muertos. Berlín rodeado por un muro de llamas. Esta vez Sigfrid sólo ganó la espada Balmung, no la capa que torna invisible a quien la lleva. Los nibelungos son los muertos. El tesoro es la muerte. El funeral, la muerte, el tesoro, la espada, los cuerpos, el muro de llamas, los muertos, los muertos, la mancha de grasa, el Valhala sometido por el fuego y el hielo.

WIR KAPITULIEREN NIE. eme entró en Polonia al frente de las divisiones Panzer en el lanzamiento de la Blitzkrieg; acompañó al Führer en su entrada en Varsovia; visitó con él la tumba de Napoleón en París; se fotografió en Roma bajo el arco que conmemora la victoria de Tito Flavio Vespasiano; en la fortaleza de las montañas austriacas juró a Hitler que en diciembre de 1940 ambos podrían pasearse por las ruinas de Londres; ensayó en Guernica el arrasamiento de aldeas y ciudades abiertas con la escuadra orgullo de la Luftwaffe; comandó el Einsatzgruppe que durante el asalto a la Unión Soviética se distinguió por su sadismo ilustrado y se divertía con los heridos que pugnaban por salir de las grandes fosas a que eme los arrojaba; hizo experimentos sobre seres humanos; dirigió un campo de exterminio; fusiló rehenes en Salónica; encabezó la reducción a cenizas del gueto varsoviano y el 16 de mayo de 1943 tituló

en letras góticas su minucioso informe (75 páginas)
al procónsul Hans Frank: *Ya no hay casas judías en
Varsovia,* y para quebrantar la resistencia incendió
muro por muro todas !as manzanas, dio muerte a más
de cincuentaiséis mil judíos; después lo arrestó la
United States Military Police (se le recogieron fotografías) ; o bien, inflamado por las ideas rectoras del
Nationalsozialistische Deutsche Arbeiterpartei odió a
quien no fuera alemán pero sobre todo a los judíos,
porque el profeta guerrero e instaurador del reino
que iba a durar mil años dijo en sus sacras escritu-
ras: *Si el judío, ayudado por el credo marxista, con-
quistara las naciones del mundo, su corona sería la
guirnalda fúnebre de la raza humana y el planeta vol-
vería a girar por el espacio desploblado como giraba
millones de años atrás. La naturaleza eterna sabe vengar en forma inexorable cualquier usurpación de sus
dominios. De aquí que me crea en el deber de obrar
en el sentido del Todopoderoso Creador: al combatir
a los judíos cumplo la tarea del Señor.*

SALÓNICA

A la sombra de un chopo, bajo el espeso olor a vinagre que se difunde por todas partes, en las horas finales de una tarde que comienza a traducirse en
antepenumbra o antetinieblas, un miércoles de una
semana, un mes, un año imprecisos, hay un hombre
que espera. Espera algo. Quizá la muerte de un antiguo verdugo. Quizá tan sólo a que anochezca y pueda

regresar a casa para seguir imaginando historias como
estas.

GÖTTERDÄMMERUNG

Berlín, Wilhelmstrasse, Führerbunker de la Cancillería Imperial. El 20 de abril cumplió 56 años. Los
ejércitos avanzaban: soviéticos en el Oder, norteame-
ricanos en Baviera y el río Elba, ingleses en Ham-
burgo, franceses en el alto Danubio —pero Berlín
sería su tumba, el gran sacerdote los detendría a sus
puertas mediante conjuro, exorcismo, acto de fe. *Wie
Schade!* La guerra se perdió dos años antes: en 1943
la coalición aliada rompió el poder ofensivo de los
ejércitos nazis y dañó irreparablemente su capacidad
de defensa. El Führer quedó vencido en el Cáucaso,
Stalingrado, el Don, Libia, Túnez. ¿Lo sabía? ¿Quiso
vengar en los inocentes la derrota inicial y el futuro
desastre? ¿Convirtió soldados en verdugos para ofren-
dar víctimas propiciatorias a los dioses de un culto
aberrante, de una secta milenaria formada por los
descendientes de las tribus germánicas y los primitivos arios del Tibet, los antiguos que trazaron el signo
del fuego, la cruz gamada, la suástica, la esvástica; o
por los seguidores de los Cruzados que partieron a la
conquista del Santo Sepulcro y se juraron hermandad
en las ruinas del Templo —para gestar durante mil
años la llegada del Anticristo que no pudo hacerse
digno de tal nombre y para que sobre su cruz gamada,
signo del dios solar, apareciera no el INRI de Cristo
su enemigo (*Iesus Nazarenus Rex Iudaeorum*) sino
el otro INRI: *Igne Natura Renovatur Integra*?

El aire cae, el polvo cae, cae el olor a vinagre. El sol insiste en permanecer. ¿En qué estación del año estamos? En un miércoles, *Dies Mercurii*, último día que miraron los ojos mortales de un hombre muerto que no ha muerto. No se escucha el tictac, ningún tictac se escuchará, se oirá: en el cubil de eme no hay relojes. Pero al sonar la hora las figuras del cuadro —Nemrod y las ochocientas proyecciones inmóviles— cobrarán movimiento y, súbditos de una ceremonia mecánica y por ello irreversible e inevitable, darán principio al sacrificio.

GÖTTERDÄMMERUNG

"Pobre Adolf, pobre Adolf, traicionado por todos, abandonado por todos", solloza Eva. *Cayó, cayó Babilonia y los ídolos de sus dioses quebrantó en tierra. Acuérdate, oh Jehová, de lo que nos ha sucedido. Mis enemigos me dieron caza como ave sin tener por qué, ataron mis manos en cisterna, pusieron piedras sobre mí, aguas cubrieron mi cabeza.*

NO CAPITULAREMOS JAMÁS. Berlín en ruinas y en manos de Zhukov, el mismo que venció en Stalingrado. Vanos intentos por romper el asedio con tres mil niños de diez a trece años que avanzan con heroísmo hacia la muerte aunque quisieran deshacerse en lágrimas y pedir a su mamá —que en ese instante pero en otra parte muere bajo las bombas o es colectivamente violada.

Y Eva escucha la trasmisión alemana de la BBC: Mussolini colgado de los pies y escupido en Milán y Clara colgada de los pies y escupida en Milán, muertos no sin que los guerrilleros se cobraran los antiguos agravios. Y Eva pide un veneno. El hombrecillo le da una cápsula de cianuro. Cesa la invisible música wagneriana. De pronto el dios es de nuevo el hombrecillo, el pintorzuelo, el cabito, el pobre diablo, ya nunca más el superhombre, la sobrehumana encarnación de la fuerza, la inteligencia, la voluntad.

Y dónde está mamá, la busca entre lágrimas como los niños que él envió a la muerte; pero mamá no se halla en el Führerbunker de la Cancillería Imperial que se estremece bajo las explosiones; tampoco en la casita del aduanero en Braunau; en dónde está el calor, el sopor de sus amorosísimos brazos tendidos hacia él desde ninguna parte; y Alois se acerca a golpear al hijo que sospecha no es suyo, mientras Clara —cómo describir esa imagen que no debieron ver los ojos que tenía en 1893 el niñito muerto de frío y de miedo— Clara en la hierba parece quejarse

y el tendero judío qué te está haciendo mamá torturándote qué te está haciendo y la risa de mamá en la hierba la obscena risa de mamá en la hierba para siempre sonará parece quejarse en Adolf la risa le impedirá qué te está haciendo conocer la fatalidad de los cuerpos pobre cabo impotente la obscena risa fracasado en todo qué te está haciendo se halla encima de ti torturándote y a su debido tiempo parece quejarse las humillaciones serán cobradas sí mamá el tendero judío tu risa en la hierba después mis dibujitos pornográficos las mujeres que me rechazaron mamá

137

los hombres que se burlaron de mí los que humillaron a mi otra madre los que escupieron en mi patria alemana no te podrás quejar de mí mamá voy a incendiar el mundo mamá me vengaré de todos los cabrones mamá y nadie me pegará de nuevo Alois nadie me humillará jamás Alois aunque haya destruido a Berlín al Tercer Reich al reino milenario mamá no voy a dejar que me hagas nada Alois aunque la insignia roja ondee en el Reichstag no quiero ver a Clara Petacci o Klara Pölz en la hierba colgada de los pies escupida en Milán en Braunau en Berlín no quiero ver qué le hacen a mamá a mamá

SALÓNICA

En los últimos años la casa se volvió infernal para eme. Su hermana y su sobrino lo esquivaban y a menudo reñían con él. Incapaz de concentrarse amontonaba periódicos a medio leer y de sus pocos libros volvía siempre a los mismos pasajes: la destrucción de Jerusalén, el Santo Oficio, los campos de exterminio, las represiones nazis en la Europa ocupada. Alguna vez pensó en consagrar tanta inmovilidad a escribir sus memorias. Hombre de acción, no pudo vencer su repugnancia por el escriba que trabaja con la espalda doblada como un jornalero.

Antes que los ratones invadieran el cuarto, eme pasaba la noche en blanco. Cuando exhausto de andar en torno o de salir con pasos precavidos a la semiterraza de losetas rectangulares donde caen las hojas de los pinos, los gusanos a veces, eme lograba dormirse, despertaba minutos después con la certeza de que sus perseguidores subían la escalera / o de que se encontraba en un abismo de azufre repleto de cadáveres humeantes y otros que agonizaban entre las llamas. Volvieron los dolores de cabeza padecidos durante la guerra. eme estaba seguro de que sus parientes lo odiaban y querían su muerte o al menos su abandono de la casa. Por su culpa ellos vivían sin tratarse con nadie y, al estar fuera todo el tiempo, manifestaban hasta qué punto les era intolerable la presencia de un anciano enloquecido. Madre e hijo trabajaban dos turnos en el laboratorio sólo para estar lejos de eme, pues cubría todos sus gastos el cheque mensualmente enviado desde Bonn por un supuesto "Comité Democrático Alemán pro Veteranos de la Resistencia Antinazi".

Así, quien antes se había cobrado tan caro las ofensas vivió sus años finales en tenso vasallaje hacia su hermana. Ella sabía o sospechaba la verdadera historia. E'la escapó del nazismo casándose con un becario mexicano que fue a especializarse en técnicas e industrias petroquímicas. Ella jamás quiso regresar a Alemania. Tal vez (nadie puede negarlo a ciencia cierta) ella colaboró en la celada final, quizá como una forma de misericordia, porque hasta la ejecución es más piadosa que veinte años de terror y de culpa.

GÖTTERDÄMMERUNG

Polvo y estruendo, rumor de una ciudad que fuego y hierro abaten por los cuatro costados, de una ciudad que se desploma sobre sus escombros. Los berlineses viven y mueren a la intemperie. Sólo el Führer está bien protegido a dieciséis metros bajo tierra en el bunker impermeable, a prueba de llamas, custodiado por los SS; en el bunker que iluminan y ventilan motores Diesel.

Pero también su cuerpo, pero también su rostro ensangrentado y desecho aflorará a la superficie. Lo enterrarán junto a su perro Blondi y no junto a Eva, en la cavidad abierta en el jardín de la Reichskanzlei por la explosión de una bomba. Lo enterrarán amortajado en estopa,
calado de gasolina,
recién nacido para la muerte.

SALÓNICA

Dormir, mediodormir la noche inquieta para luego despertarse y hojear el periódico* en busca de noticias sobre el renacer de la causa. Esperar el instante en que será llamado. Pero la cárcel que voluntariamente se impuso dañó su equilibrio. Cualquier ruido le parece la explosión de la amenaza. Su desarreglo llega al extremo de hacerle ver un perseguidor en el hombre que, ajeno a todo, lee sentado en la banca del parque con olor a vinagre.

Obsérvese en los ojos azules la anormal dilatación de la pupila: eme es miope; a esta distancia sólo ve

* eme aprendió rápidamente el castellano mientras lanzaba bombas contra España.

en el hombre un punto ocre perdido en la mancha verdeamarillenta del parque. Lentamente ha ganado la oscuridad y eme sólo contempla antepenumbra cuando lo cierto es que el sol insiste en permanecer (y ya es muy tarde). Acaso el hombre que eme cree mirar en el parque y a quien confiere rostros imposibles sea nada más el efecto combinado de su psicosis y de su mala vista que empeora con los años. O bien

golpes en la pared lo sobresaltan. Quizá se trate de alguien que pone un clavo en el muro contiguo (en el muro del nuevo edificio). Quizá de una señal: ha llegado la hora. El dogma de los "técnicos": tratar de que las víctimas se hicieran cómplices de sus propios verdugos, ahora se aplica a eme. eme ya está anudado de tal forma que haga lo que hiciere avanzará siempre en el sentido en que sus enemigos desean.

GÖTTERDÄMMERUNG

Mientras se alzaban las llamas los nibelungos despidieron con el saludo nazi al superhombre lastimoso. Volvieron a caer los proyectiles. Se suspendió la ceremonia. De regreso al bunker ya nadie mencionó el nombre del Führer. Antes de pensar en la rendición o en la huida se entregaron a un festín liberador. Podían beber, fumar, bailar, parodiar hasta la irrisión los gestos y los tonos de Adolf y Eva sin que los fulminaran la mirada y el verdugo del amo. Luego se dieron a saquear las posesiones con que rodeó sus últimos días el elegido...

SALÓNICA

Última luz crepuscular y todo se desgarra y todo está
en el fuego las imágenes no ajustan las corresponden-
cias se desvanecen y eme sólo advierte elementos in-
conexos de un pro y contra sin sentido de una indescifrable composición de lugar en que por un lado
hay parque pinos chopo banca pozo en forma de torre
y por otro un hombre con periódico en las manos
persianas entreabiertas casa 1939 a lo lejos montañas
montañas tenebrosas a lo lejos

GÖTTERDÄMMERUNG

... el elegido por las llamas que se vuelven articula-
ciones externas y dan movimiento a sus miembros
colores a su rostro: el cadáver de Hitler abre los ojos,
contempla jovialmente la destrucción, parece incor-
porarse, mueve los brazos, se agita como si intentara
nacer, comienza a henchirse, hay un murmullo de
manantial: la sangre y la mierda bullen por desertar-
lo; el uniforme se deshace, el bigotito y el cabello se
esfuman; el dios de la guerra se iguala a los que ra-
paba antes de asfixiar en las cámaras; el superhombre
arde a la misma temperatura que los subhombres; y
el crecimiento del incendio —avivado por más gasolina, más estopa, más bombas— se traduce en contorsio-
nes cada vez más acrobáticas y obscenas, hasta que el
cuerpo se dilate y arqueado parezca echarse a andar en
una reversa de cangrejo cuando hierve vivo en el
agua; pero se desaliente y caiga para inflarse todavía

más y el estallido de otra bomba produzca en la carroña en llamas la secreción de un líquido amarillo purulento y antes de precipitarse al abismo sin tiempo el emperador del reino milenario se asemeje a los gusanos torturables que los niños llaman azotadores y por último se desplome en las tinieblas de fuego que evocan la imagineria católica del infierno y las bombas esparzan por oriente y occidente el polvo y las cenizas

del que con ira hería los pueblos de llaga permanente, del que se enseñoreaba de los hombres con furor y los hería con crueldad; aquel varón que hacía temblar la tierra, que trastornó los reinos, que puso al mundo como un desierto, que asoló sus ciudades.

SALÓNICA

Terminaron las hipótesis: comenzarán los desenlaces. Por ahora, intermedio y, nueva digresión:

PANTOMIMA

¶ sea eme en su cuarto acechando por la ventana. Sea eme que traza signos en la pared, jaulas o rejas muy estilizadas, yeso desmoronable, persianas, densa capa de polvo en las persianas, polvo no removido en muchos años, huellas impresas en el polvo, húmedas manchas grises o negruzcas en las yemas del índice, blancura de cal, lividez del yeso que cubre la semicircun-

143

ferencia superior de la uña (índice derecho espatu-
lado), grisura fúnebre del rostro, sombra del cabello
rapado con hoja de afeitar, extraña depresión parietal
en exceso brillante a esta distancia: ¿efecto de los po-
ros que exudan o incrustación de platino o algún
otro metal a consecuencia de ardua lobotomía o fusilamiento fallido o venganza de los internos del campo
o tentativa de suicidio con pistola arrebatada al guardia una noche de 1946 en una cárcel militar de Polonia?

¶ Entre el parque sin nadie y la ventana hay más cosas de las que sueña vuestra filosofía, herr eme.

¶ Inmóvil en el aire un momento, la mano con lige-
ro temblor tensa los dedos a excepción del índice
y el anular que vuelven a entreabrir la persiana. Di-
gitación anómala, el esfuerzo recae sobre el cordial
que se estremece levemente para apoyarse después en
una barra superior mientras se tocan el pulgar y el
meñique. Alguien se desdibuja en la penumbra y eme
confiere rostros perdidos a la cara invisible. La mano
izquierda, laxa, no inscribe ningún signo en la pared.
eme retiene el aliento, abandona su punto de observación, empieza a buscar algo en los cajones. En la
semiterraza de losetas rectangulares no caen por ahora
hojas de pino.

¶ Como al toque de un silbato invisible, eme entra
con movimientos de cine mudo en el baño interior,
abre el botiquín, toma una hoja de afeitar, vuelve al
cuarto, con un tajo implacable secciona las venas que

144

a flor de piel se bifurcan en el antebrazo izquierdo; eme, ensangrentado, se tambalea hacia el escritorio, busca a tientas la pistola, introduce el cañón en su boca, dispara una bala silenciosa que le perfora el cráneo a unos milímetros de la placa de metal; con el estallido se dispersa su masa encefálica, se adhiere al techo y a las paredes del cuarto; eme se desploma; yace la Luger en un charco de sangre.

ZWISCHENAKT

Y fiel hasta la destrucción eme rocía el mismo combustible de las grandes fosas sobre los tres cuerpos y la mujer el perro el hombrecillo arden como ardieron otros millones de cadáveres y la despedida lacónica tan triste qué triste para eme pobre Adolf pobre Adolf traicionado por todos abandonado por todos el funeral vikingo los cuerpos como antorchas entre las llamas del *gran finale* el gran incendio de Berlín cae el telón en la ópera el público aplaude de pie el *gran finale* el gran incendio de Berlín dispersión de la tribu leyendas nórdicas consejas y consignas iniciáticas sobre la inmortalidad del sumo sacerdote muerto en cenizas como es innegable ambición inmediata de los nibelungos por restaurar el fuego horror que yace al fondo del poder absoluto

WIR KAPITULIEREN NIE

qué triste para eme entonces ya en el camino de Santiago el último examen de la situación y guía para sus herederos como eme pobre Adolf pobre Ado'f traicionado por todos abandonado por todos

La coalición aliada del mal
se ensaña contra Alemania;
impide que la más noble y digna esencia del hombre
surgida en el siglo veinte,
pase de su etapa de desarrollo nacional
y frena su expansión en el exterior.
De haber sido otra nuestra suerte militar
en veinte años habríamos cambiado
el destino del mundo.
Misión del pueblo y el partido
de la Alemania nacionalsocialista
era limpiar el mundo
de los errores cometidos
durante veinte siglos.
Toda depuración exige sacrificios
y demanda durezas.
Pero después el mundo hubiera contemplado
una humanidad libre de sus taras tradicionales.
Todo parto es doloroso;
pero de este surgía ya
un nuevo hombre.
La maldad, la alianza de los intereses judíos,
las monstruosidades del bolchevismo
y los errores de los cristianos
impidieron realizar el mundo nuevo
por el que luchamos desde 1933.

(Gebeben zu Berlin, Den 29 April 1945.)

146

3391 edsed somahcul euq le rop oveun odnum lam
led adaila noicilaoc los nibelungos son los muertos
horror que yace al fondo del poder absoluto.

SALÓNICA

—Puede guardarse las conclusiones. No
filosofe. Continúe. Díganos de una vez por
todas quién es eme. Además, nuevamente,
usted no fue testigo presencial. No sabe de
lo que está hablando. No mitifique el aplas-
tamiento de una rata. No sabe de lo que
está hablando. O lo sabe de oídas o lo sabe
de oídas o lo sabe de oídas.

Resonancia a pesar de todo no inesperada. El pozo
al que cubre la torre ha de ser profundísimo. Todo el
terreno bajo el parque se encuentra —de allí el eco—
abovedado. No hay tal pozo: es una cisterna, un in-
menso aljibe, seco desde hace más o menos veinte
años para acechar, para cercar a eme.

pero quién es eme
quién soy yo
quién me habla
quién me cuenta esta historia
a quién la cuento

Aunque han transcurrido sólo algunos minutos entre el instante en que eme entreabrió un leve sector de la persiana —es decir, entre el comienzo de las hipótesis y la inminencia de los desenlaces— eme ya sabe que algo definitivo se gesta. Podría defenderse. En el cajón de su escritorio yace la Luger Parabellum no disparada desde 1945. Podría intentar la fuga, pedir por teléfono la ayuda de su banda,* implorar perdón, esconderse, cerrar la casa a piedra y lodo, musitar sus culpas a la oreja de un macho cabrío y enviarlo a morir en el desierto,

o bien

podría despreocuparse. Despreocuparse es lo mejor. Se cierra la hendidura entre las persianas. eme se ha retirado de su puesto de observación.

Se acaban las hipótesis o el narrador omnividente, extenuado a fuerza de mentir y ocultar, prefiere no detener ya más el sórdido fin de la sórdida historia de eme que,

a juzgar por las persianas cerradas, ya no contempla a su perseguidor. Ahora camina en busca de algo: ¿de qué?

---

* pero ya no hay teléfono: eme decidió suprimirlo por la angustia que le causaba escuchar la campanilla sin saber quién le respondería cuando levantara el auricular.

DESENLACE

Lo hemos rodeado durante veinte años y cuando la resurrección del movimiento descansa en buena parte sobre el inconjeturable eme, eme recibirá su merecido. No habrá fulgor publicitario ni jaula de vidrio en Jerusalén. Los comandos israelíes no sospechan el cerco. Su gobierno y los demás gobiernos dan por muerto a eme, sea quien fuere en el orden alfabético o en la sucesión pitagórica de las cifras.

De repente el olor a vinagre es más fuerte que nunca. Rompo en dos "El aviso oportuno". A mi señal se abren las puertas: dos en los nuevos edificios que rodean la casa 1939, otra en la fábrica de vinagre, una más en la torre que cubre el pozo, así como las portezuelas de los automóviles que se estacionan motor en marcha bajo la ventana. Seis hombres, ya ninguno es joven, cumplen diferentes misiones: apuntar con metralleta desde las alturas que dominan la semiterraza / subir por eme / mantener encendidos los motores...

La captura fue un triunfo. No había otra forma de secuestrar a eme excepto la elegida: minuciosamente estudiada en una vieja película, milimétricamente calculada para terminar en dos minutos y medio, en

ciento cincuenta segundos, contados entre el rasgar
por la mitad el periódico, el consiguiente abrirse de
las puertas y el arranque de los autos hacia un sitio
perdido en el Ajusco.

Así pues
antes de que eme pueda saber qué pasa / aproximarse al escritorio / sacar la Luger / defenderse /
cerradura volada / golpe embrutecedor / descenso
con eme en peso / subida al automóvil / el primero
arranca / el segundo lo sigue / en las alturas hombres
entran de nuevo en los edificios y en el secreto interior de la torre / me levanto / el cuidador sale de la
tienda / el barrendero reaparece / vuelven los niños
que juegan en el parque / y cuando por la noche /
(es el atardecer) / la hermana y el sobrino regresen
/ ya no habrá eme / qué ocurrirá con eme en el Ajusco / entre siete víctimas / diversos síndromes infecciones mutilaciones tormentos / siete víctimas no sólo
ashkenazim y sefardíes de Salónica / también posi-
b!emente checos polacos húngaros serviocroatas ucranianos /o quizá franceses ingleses holandeses belgas
españoles y aun alemanes / siete víctimas que durante
veinte años esperaron el momento en que nada fallara
/ han cercado y capturado al verdugo.

DESENLACE

Todo muy bien excepto que
  no hay olor a vinagre en este momento. La escena
anterior no ha ocurrido pero sucederá dentro de
quince minutos, una hora, dos horas, seguramente con

numerosas variantes al texto que se esbozó con anterioridad.

Lo innegable es el hecho de las persianas entreabiertas, los diálogos interiores, las contestaciones, réplicas, hipótesis, historias. Todo lo que recuerdo o imagino mientras, sentado en un árido parque con olor a vinagre bajo un chopo ahíto de inscripciones a unos catorce o quince metros del pozo frente a la casa 1939, finjo leer la misma sección: "El aviso oportuno" del mismo periódico: *El Universal*.

151

APÉNDICE: OTROS DE LOS POSIBLES DESENLACES

UNO

Pero al desaparecer el olor a vinagre pierdo la referencia olfativa, se rompe mi composición de lugar. Me pregunto si la fábrica se estableció desde antes de mi llegada con el objeto específico de vigilar a eme: misión cumplida a su vez por los nuevos edificios y el pozo en forma de torre al que nadie sino el observador ascendió desde que el jardín de la casa porfiriana fue convertido en parque público.

Se tenía la certeza de su paradero. Imposible ocultarse en otro sitio: la casa es de su hermana, única hermana, del doctor / capitán / general eme; esposa de un químico mexicano becado en Alemania (1936-1938), muerto en accidente aéreo dos años antes de la llegada de eme. La hermana y el sobrino lo ignoran todo. El muchacho lo supone héroe antihitleriano que tomó conciencia y quiso salvar del Führer a Alemania. La hermana cree que eme se esconde de los nazis que pretenden castigarlo por traición.*

* ¿Y no se han dado cuenta de sus cartas, visitantes, llamadas telefónicas? Por lo demás ¿a qué vino a México la hermana? ¿Fue amor, repudio del nazismo? ¿O su llegada en 1938 más bien se relaciona con los esfuerzos para que el petróleo mexicano, expropiado a las compañías británicas y norteamericanas, alimentase la maquinaria bélica de Hitler?

152

Pero cme ¿quién es en realidad? Un criminal. Es todo lo que sé, es todo lo que intuyo e imagino. Porque al desaparecer el olor a vinagre pierdo la referencia, extravío mi identidad, ignoro quién soy entre todos los personajes que he representado bajo el chopo ahíto de inscripciones y ante la persiana entreabierta. Soy un obrero sin trabajo, un delincuente sexual, un padre que ha perdido a su hijo, el amante de una mujer que cruzará por el parque, un nostálgico que viene a cerciorarse de que estamos por última vez en todas partes y nadie vuelve a ningún lado jamás, un detective, un aspirante a escritor, una víctima a punto de consumar la venganza.

O no soy nadie.

Tal vez no hay nadie en la banca del parque.

O quizá hay seis millones de fantasmas sin rostro.

Lo único cierto es que eres un criminal. Eliminas la duda al abrir la ventana, llamarme, oprimir el botón que me permite entrar, disponer mi revólver, atravesar la semiterraza de losetas rectangulares donde caen las hojas de los pinos y los gusanos torturables, llegar al cuarto y encontrarte —porque supones una victoria escapar de mí y de un asedio que acaso no intenté nunca— en el piso de parquet desangrándote, sin posibilidad de salvación porque te disparaste en la boca y con la hoja de afeitar seccionaste las venas del antebrazo, la sangre derramada te liberó de verme, y vuelvo sobre mis pasos, salgo, cruzo el parque, me detengo a mirar la torre, el chopo, la banca, los pinos, tu casa prensada entre los nuevos edificios, los anun-

153

cios en letras mayores del periódico intacto que arrastra el viento,

y todo vuelve, se clarifica, se rehace —mi composición de lugar, mi pérdida de identidad momentánea, el sentido de mi estancia en el parque, mi duda acerca de quién eras,

con el descenso del olor a vinagre.

DOS

eme baja las escaleras interiores, pistola oculta en el bolsillo del saco. Atraviesa la calle y le pregunta a Alguien qué desea. Alguien muestra sus credenciales y una orden de trabajo: detective privado, espía a una mujer (probablemente adúltera) que vive en el edificio contiguo. eme se tranquiliza. Vuelve al cubil a continuar la espera.

TRES

Las persianas quedaron entreabiertas la última vez que el muchacho subió al cuarto, propiamente un desván, en que se almacenan revistas, juguetes rotos, muebles y utensilios gastados, retratos amarillos, cuadernos escolares, frascos y botellas vacías, cartas humedecidas, postales, viejos libros acerca de la segunda guerra mundial que ya no tienen interés para nadie. Allí habitaba la sirvienta hasta que prescindieron de ella porque en verdad es innecesaria para una madre y su hijo que todo el día están fuera de casa. Ahora

154

sólo pueblan el cuarto los ratones —que lo han llenado de su acre olor y sus estragos—, las moscas, los mosquitos que entran por un vidrio roto, las cucarachas, las polillas, los piojos, los gusanos caídos de los árboles. eme jamás estuvo allí, jamás conoció la ciudad al pie de las sombrías montañas. eme murió en Stalingrado o lo arrojaron vivo a un crematorio o lo ahorcaron en las ruinas del gueto de Varsovia. Su hermana no volvió a tener noticias suyas después de una tarjeta de la torre Eiffel enviada cuando la Wermacht entró en París. Ignora si eme fue héroe o criminal, si torturó o fue torturado, si murió en el patíbulo o en la trinchera o en las cárceles hitlerianas, si vive oculto en Sudamérica. si volvió a establecerse en Alemania, o si antes de convertirse en asesino fue muerto por la Resistencia francesa o cayó en las arenas africanas bajo los tanques de Montgomery.

CUATRO

O tal vez (como se dijo en el inciso x) la casa no existe. Alguien está sentado en el parque desierto con olor a vinagre —pero frente a un terreno baldío donde hubo una casa demolida en 1951, hace quince años, y luego un edificio que se incendió por explosión de gas.

Alucinación entonces. Desvarío. Desvarío de un hombre que resiente aún en su estructura psíquica cuanto le hicieron en los campos. Y el único remedio de su angustia es tramar una emboscada que no existe, pasar la tarde frente a un basurero donde imagina una casa construida en 1939 y un nazi que se oculta tras las persianas: un verdugo al acecho que morirá esta y todas las tardes, cuando Alguien sale del trabajo que le dan por caridad en la fábrica de vinagre y en la banca de siempre espera que llegue con las tinieblas el rayo, el carro envuelto en fuego, la espada sobre la tierra, la prueba de que existe Dios en su terrible silencio y vengará a millones de muertos, a millones de hombres deshechos como Alguien, a billones de crímenes cometidos y que se cometerán. Alucinación entonces. Desvarío.

—No: eme allí está.

CINCO

La mano busca el arma pero el arma no existe. Nadie espía tras la ventana porque Alguien no existe y si Alguien no existe tampoco existe eme ni el parque con el pozo en forma de torre bajo el olor a vinagre. Sólo existe el gran crimen —y todo lo demás: papel febrilmente manchado para que todo aquello (si alguien lo recuerda; si alguien, aparte de quienes lo vivieron, lo recuerda) no se olvide.

Y añade a estas palabras propias y ajenas las otras que leíste, las fotografías y los documentales que has visto. Trata de reconstruirlo todo con la imaginación y tendrás una idea, apenas aproximada en su vaguedad, de lo que fue todo aquello. Basta para que las imágenes te torturen, no te dejen jamás, y sientas horror, compasión, miedo, vergüenza.

Porque todo es irreal en este cuento. Nada sucedió como se indica. Hechos y sitios se deformaron por el empeño de tocar la verdad mediante una ficción, una mentira. Todo irreal, nada sucedió como aquí se refiere. Pero fue un pobre intento de contribuir a que el gran crimen nunca se repita.

O bien sólo existe un desenlace posible:

SEIS

El sol no se va. Insiste en permanecer (y ya es muy tarde). ¿En qué estación del año estamos? La luz color de cobre sostiene en pie un parque metálico (figura inmóvil del reloj, planas siluetas en el cuadro). Atardecer irreal. Suena un motor. Algún vehículo se acerca pero no irrumpe en la visión (¿de quién?). Ahora unos pasos bajo la ventana. Son dos muchachas y eme no puede verlas, mirada fija en el antagonista. No, ese hombre no quiere nada de eme: su inmovilidad al verse observado cancela toda sospecha de espionaje. ¿Cancela? Sí. ¿O redobla? Bien, redobla la posibilidad del acecho. Es posible. Ya todo es posible. Hay un pacto que eme no alcanza a desentrañar entre el sol y el hombre que espera mientras el día muere sin ruido y sin sombra. El hombre que espera en una banca junto a un chopo en que se ahondan las inscripciones bajo el olor a vinagre en el parque desierto a unos catorce o quince metros del pozo en forma de torre sobre una red de pasadizos y galerías por donde las hormigas arrastran a un gorgojo o llevan con esfuerzo solidario el cadáver de un gusano deshecho.

Nunca tardó tanto la noche. ¿En qué estación del año estamos? ¿Y si el sol perdurase en las tinieblas, como la luna llena visible algunos días a las cuatro o cinco de la tarde? Pero el aire no tiene ya, y ni siquiera transcurrió un minuto, la rigidez que eme llamó de cobre. Sólo brillan las hojas trasminadas de ácido acético y una mancha de luz se hunde en las paredes del pozo.

Ahora sobreviene el aire crepuscular, el resplandor que se mitiga y anula a medida que el sol invisible se oculta a la derecha de eme con el último brillo que hiere oblicuamente los ojos de Alguien. Ojos sin párpados como de salamandra. Último brillo que clausura toda posibilidad de que Alguien abandone el parque.

De pronto la oscuridad entra en la casa. eme deja su puesto de observación, toma una hoja de afeitar, hiende las venas del antebrazo izquierdo. Cuando la sangre baña todo su cuerpo y él siente la somnolencia de la muerte, se arrastra a la ventana, consigue erguirse y mirar —última imagen y castigo— cómo el hombre a quien supuso perseguidor se aleja de la banca y el chopo y lleva del brazo a una mujer de aproximadamente cuarenta años mientras el viento de la noche deshoja, arrastra "El aviso oportuno", y el parque entero se desvanece bajo las luces mercuriales que en este instante acaban de encenderse.

Este libro se terminó de imprimir el
14 de noviembre de 1986 en los
talleres de Lito Ediciones Olimpia,
Sevilla 109, 03300 México, D. F.
se encuadernó en Encuadernación
Progreso, Municipio Libre 188,
03300 México, D. F. El tiro fue de
30 mil ejemplares.

Diseño y fotografía de la portada:
Solar / Rafael López Castro.